Scherz Krimi

Spannung mit Niveau

Als er den kurzen, abgehackten Schrei hörte,

drehte er sich um und war furchtbar erschrocken darüber, daß sein Partner nicht mehr mitspielte und er jetzt auf sich allein gestellt war. Ich muß zugeben, daß er mit dem Messer ganz schön rasch bei der Hand war. Er drückte auf den Knopf, und die lange, geschmeidige Klinge rastete ein . . .

Donald Hamilton

Koks und Knallbonbons

Scherz
Bern – München – Wien

Einzig berechtigte Übertragung aus dem Amerikanischen
von Norbert Wölfl
Titel des Originals: »The Removers«
Schutzumschlag von Heinz Looser
Foto: Thomas Cugini

2. Auflage 1985, ISBN 3-502-50998-0

Gesamtherstellung: Ebner Ulm

1

Wer im Sommer von Südosten her nach Reno in Nevada will und keinen Wagen mit Klimaanlage besitzt, verschläft zunächst den Tag in Las Vegas. Nach einem gemütlichen Abendessen wartet man, bis die Sonne untergegangen ist, packt seinen Kram zusammen und fährt in die Wüste hinein, wo es jetzt halbwegs erträglich, wenn auch nicht eben kühl wird. Und dann gondelt man die ganze Nacht durch das weite schwarze Nichts.

Kurz nach Sonnenaufgang ist man in Reno, um seine Scheidung zu bekommen. Ich war schon geschieden und wollte nur meine Ex-Ehefrau besuchen, die wieder geheiratet hatte und hier in der Gegend auf einer Ranch lebte. Sie hatte mich aus irgendeinem Grund darum gebeten.

Ich duschte, rasierte mich, aß mein verspätetes Frühstück und las dann noch einmal Beths Brief durch. Er war an Mr. Matthew Helm adressiert und mit blauschwarzer Tinte auf gutem holzfreien Papier geschrieben. Der Bogen hatte in der oberen Ecke ein Rinder-Brandzeichen und den Briefkopf: Doppel-L-Ranch, Middle Fork, Nevada.

Der Inhalt war kurz:

Lieber Matt,

als wir uns trennten, sagtest Du, Du würdest kommen, wenn ich oder die Kinder Dich jemals brauchen sollten. Natürlich habe ich kein Recht, Dich darum zu bitten – aber jetzt brauchen wir Dich.

Freundlichen Gruß,
Beth
(Mrs. Lawrence Logan)

Eine nette, saubere, ordentliche, disziplinierte Handschrift, die mich an die ebenso nette, saubere, ordentliche und disziplinierte Verfasserin dieses Briefes erinnerte. Wir haben uns nie gestritten. Mit ihr konnte man nicht streiten. Es macht keinen Spaß, jemanden anzuschreien, der nicht zurückschreit. Auch unsere Trennung vollzog sich auf recht zivilisierte Art.
»Beth«, hatte ich zu ihr gesagt, »kannst du nicht einfach die ganze Sache vergessen?«
»Nein«, hatte sie geflüstert. »Nein, ich kann's nicht vergessen. Wie könnte ich?«
»Na schön, dann sollten wir am besten gleich Schluß machen. Ich nehme den alten Kombi und das Zeug aus dem Arbeitszimmer. Du kannst den großen Wagen und das Haus und alles andere haben. Da, wo ich hingehe, brauche ich doch keine Möbel.«
Sie wand sich und sagte: »Es tut mir so leid, Matt. Ich kann nichts dafür. Es tut mir wirklich so leid.«
Wahrscheinlich tat es ihr wirklich leid, aber die Tatsache blieb bestehen, daß sie mich nicht länger ertragen konnte. Wir waren fast fünfzehn Jahre zusammen – das war vermutlich mehr, als ich erwarten durfte.
Also sagte ich: »In Reno geht's wahrscheinlich am einfachsten. Besorg dir einen guten Rechtsanwalt und sag ihm, ich unterschreib alles, was er will.« An dem Punkt zögerte ich, weil ich nicht überheblich sein wollte; aber schließlich war es eine gute Ehe, solange sie dauerte, und strenggenommen lag der Grund für den Bruch in meiner und nicht in ihrer Vergangenheit. Ich fuhr fort: »Das klingt vielleicht abwegig – aber wenn sich jemals eine Gelegenheit ergeben sollte, daß du oder die Kinder einen Mann mit meinen speziellen Fähigkeiten brauchen, dann ruf mich sofort. Schließlich bin ich immer noch ihr Vater.«
Bei aller guter Absicht war es natürlich nur eine von diesen wohlklingenden Phrasen, wie man sie eben beim Abschied gebraucht. Ich erwartete nicht, daß sie mich jemals beim Wort nehmen würde. Ich ging und rief von der nächsten Telefonzelle aus Mac an, um ihm zu sagen, daß ich wieder für ihn arbeiten wolle. Als ich gerade im Auftrag der Regierung in Europa war, erhielt ich die Nachricht, ich sei wieder Junggeselle. Und jetzt, kaum sechs Monate später, bat mich Beth um Hilfe.
»Werden Sie hinfahren, Eric?« hatte mich Mac gefragt, als ich nach meiner Rückkehr neben seinem Schreibtisch stand und die

wenigen Zeilen zum erstenmal las. In diesem Büro in Washington hieß ich nur Eric, während ich draußen alle möglichen Namen verwandte.
»Was bleibt mir denn anderes übrig?«
Er verstand meinen fragenden Blick genau.
»Ja, ich habe den Brief gelesen«, sagte er. »Mrs. Logan wußte nicht, wie Sie zu erreichen waren, deshalb hat sie den Brief mit einem kurzen Begleitschreiben an mich geschickt. Ich sollte ihn lesen und nur dann an Sie weitergeben, wenn Sie nicht gerade mit einem Auftrag unterwegs wären. Es hätte nämlich keinen Sinn, Sie zu beunruhigen, wenn Sie ohnehin nicht kommen könnten. Scheint in vieler Hinsicht eine vernünftige und rücksichtsvolle Frau zu sein – dazu noch recht attraktiv.«
»Ich wußte gar nicht, daß Sie meine Frau – meine Ex-Frau kennen.«
»Ich habe sie im vergangenen Herbst besucht, als Ihre Scheidung noch lief. Das war vom Sicherheitsstandpunkt aus wohl nicht richtig, aber sie wußte ohnehin schon zu viel über uns. Vor allem wollte ich feststellen, ob man sich auf ihr Stillschweigen verlassen konnte. Außerdem dachte ich, wenn ich ihr erklärte, wie wichtig Ihre frühere und jetzige Tätigkeit ist, würde sie vielleicht Verständnis ...« Er zuckte bedauernd die Achseln.
Ich hatte keine Ahnung von diesem Vermittlungsversuch gehabt. »Nett von Ihnen, daß Sie sich die Mühe gemacht haben, Sir.«
»Ein Kommandeur muß sich mit allem befassen, was die Moral seiner Truppe beeinträchtigen könnte«, entgegnete er trocken. »Wie sich bald herausstellte, konnte ich gar nichts für Sie erreichen – im Gegenteil. Ihre Frau war sehr nett, sehr aufmerksam, sehr verschreckt. Sie hat mich ununterbrochen gemustert, weil sie wohl herausfinden wollte, wo ich Pferdehuf, Hörner und Schweif trage.«
»Das habe ich mich auch schon manchmal gefragt, Sir«, sagte ich und fügte nach einer Weile hinzu: »Haben Sie diesen Logan kennengelernt, den sie dann später heiratete?«
»Ja. Er ist der Eigentümer und Manager der Gäste-Ranch, auf der sie wohnte. Ein netter Kerl, drahtig, sehr britisch mit dem sandfarbenen Schnurrbart der Royal-Air-Force-Offiziere. Ich hatte das Gefühl, daß er sich in einer Klemme recht gut selber helfen könnte, aber bei diesen ausgewanderten Briten mit ihren

ewigen Untertreibungen kann man das nie genau wissen. Die tun alle so, als könnte man sie umpusten, und manchmal kann man das ja auch.«

Ich betrachtete den Brief in meiner Hand, faltete ihn zusammen und steckte ihn ein. »Beth hat in ihrem Begleitschreiben nichts davon erwähnt, welcher Art die Schwierigkeiten sind, bei denen ich ihr helfen soll?«

»Nein.«

»Und Sie sind damit einverstanden, daß ich ein wenig Urlaub mache und mich darum kümmere?«

Er nickte. »Sie haben noch Urlaub gut, Eric.« Er betrachtete mich über den Schreibtisch hinweg so eingehend, als wolle er feststellen, ob ich mich seit dem letzten Besuch in diesem Büro verändert hätte. »In Reno gehen Sie ins Riverside Motel«, sagte er. »Dort habe ich für Sie ein Zimmer reservieren lassen.« Er kritzelte etwas auf ein Blatt Papier und reichte es mir. Ich sah ihn unverwandt an.

»Was soll das?«

»Eine Kontaktnummer in Reno. Unser Agent Paul. Auswendig lernen und vernichten.«

Ich fragte trocken: »Haben Sie nicht von Urlaub gesprochen, Sir?«

»Paul ist noch ziemlich jung und unerfahren. Vielleicht braucht er Unterstützung.«

»Wobei?«

»Fragen Sie nicht, wenn Sie es nicht wirklich wissen wollen.«

»Also sein Auftrag. Falls er mich braucht, kann er mich informieren.«

»Genau. Sollten Sie ihn sehen, lassen Sie mich Ihren Eindruck wissen. Ich hab nicht das Gefühl, daß er der Richtige für uns ist.« Er stockte. »Sie können ihn ja heranziehen, wenn Sie dringend Unterstützung brauchen. Aber nur dann ... Unsere Leute haben anderes zu tun, als sich um jemand zu kümmern, der auf eigene Faust der Dame seines Herzens zu Hilfe eilt.«

Ich stellte richtig: »Sie ist nicht die Dame meines Herzens, sondern Logans Frau. Daran läßt sie keinen Zweifel.«

»Das schon«, murmelte Mac. »Trotzdem wendet sie sich an Sie und nicht an Logan. Aber das ist Ihnen sicher auch schon aufgefallen.« Nach kurzem Zögern verabschiedete er mich: »Vergessen Sie nicht, beim Hinausgehen kurz in den Erkennungsraum hineinzuschauen. Vielleicht sind während Ihrer Abwesenheit ein paar neue Gesichter in die Kartei gekommen.«

2

Der Erkennungsraum teilt sich das Kellergeschoß des Gebäudes mit einem tollen Karteisystem, das vom FBI oder sonst einer Dienststelle ausrangiert wurde, als die ein noch tolleres System angeboten bekamen. Obgleich es technisch veraltet ist, reicht es durchaus für unsere Zwecke. Wir brauchen uns nicht um alle Kriminellen der ganzen Welt kümmern, nicht einmal um alle Spione und Geheimagenten. Wir konzentrieren uns nur auf die Leute in unserer eigenen Branche, und das sind nicht viele. Ich blätterte die Kartei sorgfältig durch und frischte dabei auf, was ich über meine lieben Kollegen in den Diensten anderer Länder wußte – besonders diejenigen, die bekanntermaßen in den USA arbeiten. Da gab es Leute, die im Dienst befreundeter Nationen standen; die waren nach Möglichkeit rücksichtsvoll zu behandeln. Natürlich geht das nicht immer. Dann die kleinen Fische von der Gegenseite; die hatten wir nur zu melden, wenn wir sie antrafen. Und schließlich die großen Kanonen der anderen Seite, soweit wir sie kannten: Dickman, Holz, Rosloff, Martell und eine höchst gefährliche Dame mit dem Decknamen Vadya. Sie alle standen ganz oben auf unserer Liste. Nur einen von ihnen hatte man kürzlich in den Staaten gesichtet. Stirnrunzelnd blätterte ich in den Karten noch einmal zurück.

»Martell«, sagte ich. »Ich dachte, der sei aus dem Blickfeld verschwunden – damals nach der Geschichte in Berlin. Bitte, Smitty, schieb ihn mal in den Projektor.«

Smitty hinkte zum rückwärtigen Teil des Raums und schaltete den Apparat ein. Er hinkte deshalb, weil von seinen Füßen nicht mehr viel übrig war. Einige Herren, die dringend Informationen suchten, hatten sie ihm stückweise amputiert. Auch ein paar andere Teile von Smitty fehlten. Mit seinen vielen Narben bot er keinen sehr schönen Anblick. Mac hatte ihm nach seiner Entlassung aus dem Krankenhaus diesen Job hier gegeben, da er für den Außendienst nicht mehr taugte. Das war nicht etwa nur eine großzügige Geste gegenüber einem körperbehinderten Angestellten. Wir alle müssen erst durch den Erkennungsraum, ehe wir zu einem neuen Auftrag hinausfahren.

Das Foto erschien auf dem Schirm. Die Vergrößerung half

nicht viel, denn das Bild war miserabel: ein verschwommenes Telefoto von einem Mann, der gerade aus einem Wagen ausstieg. Nur die Beschriftung war klar und deutlich lesbar.

Martell, Wladimir, 1.78 m, 171 Pfund, schwarzes Haar, breite kräftige Stirn, buschige Augenbrauen, braune Augen, gerade Nase, dicke Lippen, kräftiges Kinn. Fingerabdrücke unter Martell nicht registriert, doch siehe unten. Ausgezeichneter Pistolenschütze, Gewehr mangelhaft, Messer und unbewaffneter Zweikampf ausreichend. Übermäßiger Alkoholgenuß nicht bekannt. Über Rauschgiftsucht nichts bekannt. Keine homosexuellen Neigungen bekannt. 1947 und 1950 offiziell gemaßregelt wegen Frauenaffären und daraus resultierender Pflichtverletzung. Verantwortlich für Tod von Agent Francis, Berlin 1951. Nächster Bericht erst 1960. Da in Miami Beach als Leibwächter von Dominici Rizzi unter Pseudonym Jack Fenn aufgetaucht. Unter diesem Namen 1953 im Strafregister verzeichnet (siehe Rückseite unter Details und Fingerabdrücke). Zweck der falschen Identität unbekannt. Augenblicklicher Auftrag unbekannt. Derzeitiger Aufenthalt unbekannt. Dringlichkeitsstufe eins.

Sie hatten ihn also entdeckt und wieder aus den Augen verloren; irgendeinem Kollegen war dafür sicher mächtig eingeheizt worden. Ich betrachtete die Gestalt auf dem Bildschirm. Einer von den Nahkämpfern; vom Gewehr hielt er nicht viel. Ein Frauenheld. Muß sehr gut sein, sonst wäre er nicht trotz der zwei dicken schwarzen Flecken auf seiner Weste noch im Geschäft. Seine Auftraggeber waren nicht gerade für Milde gegenüber Agenten bekannt, die den Frauen nachrannten.

»Wer ist Rizzi?« fragte ich.

»Hat sich hauptsächlich mit Rauschgift befaßt«, erklärte Smitty hinter mir. »Sitzt jetzt im Gefängnis. Wurde bei der Razzia in den Appalachen zusammen mit den großen Bossen vom Syndikat geschnappt.«

»Dann ist Mr. Martell also arbeitslos«, meinte ich. »Nun, er wird's nicht schwer haben, einen neuen Posten zu finden. Wenn die Angaben auf der Karte stimmen, dann hat er sieben oder acht Jahre damit zugebracht, sich als Gorilla beim Syndikat einen Namen zu machen.« Ich schnitt dem verschwommenen Bild auf dem Schirm eine Grimasse. »Dafür eignet er sich auch, das muß man ihm lassen. Einen besser ausgebildeten Schläger kriegen die

Gangster nicht so leicht wieder. Hoffentlich wissen sie das zu schätzen. Mich interessiert nur, was er im Schilde führt, warum er den Ganoven spielt.«

»Das fragt sich der Alte auch«, sagte Smitty. »Er hat das Foto tagelang mit sich herumgeschleppt und auf eine Inspiration gewartet.«

»Sonst noch was?« erkundigte ich mich. »Keine anderen Bilder?«

»Nichts. Aber auf der Hauptkarte ist ein unbestätigter Bericht vermerkt, nach dem man Martell kürzlich in Reno gesichtet hat. Soll dort als Leibwächter bei einem Gangster namens Fredericks arbeiten. Hier steht, die Meldung wird gerade überprüft.«

Ich verzog das Gesicht. Deshalb also hatte Mac einen grünen Jungen nach Reno geschickt, und deshalb bat er mich darum, ihn zu unterstützen. Das war wieder einer von diesen ärgerlichen Aufträgen, wo man Bereitschaftsdienst schieben muß, nur weil man zufällig in der Nähe ist. Man hat keine eigentliche Aufgabe, aber man kann Gift darauf nehmen, daß genau dann das Telefon klingelt, wenn man das Licht ausschaltet und mit einem Mädchen zu Bett gehen möchte.

Nicht daß ich im Augenblick Mädchen im Kopf hatte; und wenn, so war die Betreffende jedenfalls mit einem anderen Mann verheiratet. Wie ich sie kannte, nahm sie ihre Ehe sehr ernst. Sie war von jeher ein sehr ernst veranlagtes Mädchen.

3

Westlich von Reno gibt's ein paar recht ansehnliche Berge. Ich nahm nicht die Poststraße, sondern fuhr an den Ausläufern entlang, nachdem ich das Hotel verlassen hatte. Kurz vor drei Uhr nachmittags erreichte ich die Großstadt Middle Fork, die aus einem Laden mit einer Benzinpumpe davor bestand. Hier versorgte ich mich mit einer Flasche Sodawasser und Angaben über den Weg, den ich einzuschlagen hatte.

Eine enge Straße, ausgestattet mit den üblichen Schlaglöchern, Baumwurzeln und wenig vertrauenerweckenden Brücken, schlängelte sich den Berg hinauf. Manchmal fand ich Wegweiser, an anderen Abzweigungen wiederum mußte ich einfach raten.

Der alte Kombi lief wie ein Uhrwerk durch die hübsche, saubere Landschaft. Falls ich mich verirrte, konnte ich mir einfach auf

meinem Benzinkocher eine Dose Bohnen heiß machen, hinten, unter dem wetterfesten Vordach meines Wagens, in den Schlafsack kriechen und meinen Weg morgen früh fortsetzen.
Ich gelangte ziemlich plötzlich an den rustikalen Torbogen: zwei mächtige Pfosten und ein Querbalken darüber, der sich in der Mitte schon etwas senkte. Das doppelte L des Brandzeichens war ins Holz eingeschnitzt. Für die ganz Dummen stand noch darunter: »Doppel-L-Ranch.« An einem der senkrechten Balken war ein kleines, verwittertes Metallschild angenagelt: »Gästehaus.«
Ich bog ein. Jetzt, bei dem trockenen Wetter, war der Weg nicht übel; aber ich konnte mir vorstellen, wie schwer passierbar er im Winter sein mußte.
Nach einer Kurve befand ich mich auf einer Anhöhe mit einer herrlichen Aussicht. Ich hatte meine Kamera mit, weil ich ein paar Bilder von den Kindern aufnehmen wollte. Also stieg ich aus und kletterte noch ein Stück hinauf, um das Panorama zu knipsen. Dann schob ich die Kamera in die Hüfttasche und machte mich auf den Rückweg.
Unten angelangt, erblickte ich sofort das Pferd. Es stand brav da, mit hängenden Zügeln, ein ganz unauffälliges, gewöhnliches Pferd mit einem unauffälligen, gewöhnlichen Sattel. Daran hing ein Futteral für einen Karabiner, aber auch das war auf einer Ranch nicht ungewöhnlich. Ich konnte gerade noch feststellen, daß dieses Futteral leer war, als der Besitzer des Pferdes um meinen Wagen herumkam und mit einer Winchester 30-30 auf mich zielte.
»Hände hoch!« befahl er.
Ein kräftiger junger Bursche von Anfang Zwanzig, ähnlich gekleidet wie ich: Blue jeans, Stiefel, buntes Hemd und breiter Hut. Ich hatte mich im Motel umgezogen, weil ich vor meiner Familie nicht als Dandy erscheinen wollte. Außerdem kann man im Stiefelschaft leicht einen Revolver unterbringen, wenn man kein Halfter mag – und schließlich hatte Beth mich ja zu Hilfe gerufen. Ich besaß auch ein Messer.
»Stehenbleiben!« fauchte der Junge, als ich auf ihn zuging. Er wedelte mir mit dem Gewehrlauf vor der Nase herum. »Ich hab doch gesagt, Sie sollen die Arme hochnehmen!«
Er redete zuviel. Solche Leute schießen nicht. Das sah ich in seinen Augen. Ich war schon fast nahe genug, um mir das Gewehr zu schnappen und ihm damit den Hintern zu versohlen.

»Peter!« rief jemand oben auf dem Hügel. »Peter, wo …? Ach, da bist du ja!« Eine kleine Pause. Dann: »Matt!«
Ich erkannte die Stimme. Kunststück! Schließlich hatte ich über fünfzehn Jahre mit ihr zusammengelebt. Übrigens eine recht nette Zeit.
»Was in aller Welt …? Peter, was hast du mit dem Gewehr vor?«
Ich hörte ein Pferd den Hügel herunterkommen und schob lässig die Hände in die Hosentaschen. Der Junge ließ den Gewehrlauf sinken. Wir drehten uns beide steif zur Seite und blickten Beth entgegen. Ihr Pferd stieg steifbeinig das letzte, steile Stück des Abhangs hinunter.
Sie trug einen hellen, tadellosen, breitrandigen Stetson mit gedrehter Lederkordel, ein am Hals offenes weißes Seidenhemd und phantastisch sitzende, maßgeschneiderte Leinenhosen. Ich erinnerte mich, daß sie niemals schlampig angezogen war, nicht einmal bei der Haus- und Gartenarbeit. Sie war ein paar Jahre jünger als ich und hatte drei Kinder – meine Kinder –, aber im Sattel des großen Pferdes wirkte sie wie ein schlankes, junges Mädchen.
Ich trat vor, um das Pferd zu halten. Sie blickte mich an.
»Ja, Matt«, murmelte sie. »Ist schon lange her, wie?«
»Mit dem Hut siehst du aus wie ein Cowgirl aus dem Kino«, sagte ich und nickte zu dem Jungen mit dem Karabiner hinüber. »Was hat der seltsame Empfang zu bedeuten?«
Sie zögerte, dann lachte sie. »Darf ich bekannt machen? Peter Logan, mein Stiefsohn. Mr. Matthew Helm.« Ich wartete. Sie fuhr fort: »Ach so – wir hatten Ärger mit Viehdieben, ausgerechnet! Sie kommen mit einem kleinen Lastwagen oder Kombi rangefahren, schlachten eins von unseren Rindern und sind auf und davon, ehe wir sie erwischen. Als Peter und ich von da oben deinen Kombi sahen, dachten wir, es wäre besser, nachzusehen … Peter, ich habe dir nicht gesagt, du sollst das Gewehr benutzen!«
Peter Logan entgegnete rasch: »Dad sagte, wir sollten nichts riskieren.«
»Na schön. Bring mein Pferd nach Hause, dann fahre ich mit Mr. Helm zur Ranch.« Sie wollte schon absteigen, dann überlegte sie es sich anders. Ein verhaltenes Grinsen trat in ihre Augen. Sie warf mir einen kurzen Blick zu und sagte zu Peter: »Vielleicht ist es besser, du leihst Mr. Helm dein Pferd. Wir reiten über den

Bergrücken und treffen uns drüben mit den Jungen. Du bringst inzwischen den Wagen auf die Ranch.«
Der junge Logan runzelte die Stirn. »Dad hat aber gesagt, ich soll dich nirgends allein hinreiten lassen.«
»Aber ich bin doch nicht allein!« Beth lachte. »Ich bin sicher, daß Mr. Helm gut auf mich achtgeben wird.«
Ich sagte: »Stecken Sie den Karabiner wieder in das Futteral, dann werde ich mir alle Mühe geben, sie vor Banditen und Viehdieben zu beschützen.«
Der Junge musterte mich mißbilligend, drehte sich auf dem Absatz um, schlenderte zum Pferd und schob das Gewehr in das Futteral. Mit dem Tier am Zügel kam er zurück.
»Wir steigen für gewöhnlich von links auf, Sir«, erklärte er mit unbewegter Miene. »Das ist nur eine Marotte hier, aber die Pferde sind daran gewöhnt.«
»Klar«, sagte ich. »Mein Wagen hat Viergangschaltung. Der Rückwärtsgang liegt hinten links, falls Sie ihn brauchen sollten. Werden Sie damit zurechtkommen?«
Wir musterten einander sehr kühl.
»Keine Sorge, das schaffe ich schon«, sagte er. Er eilte zu dem Wagen, ließ den Motor an, löste die Handbremse und schoß davon, daß der Kies nur so flog.
Ich besah mein neues Fortbewegungsmittel und gab ihm einen vorsichtigen Klaps auf die Nase. Da der Gaul weder ausschlug noch mir den Arm amputierte, glaubte ich, mich ihm anvertrauen zu dürfen. Ich kletterte an Bord. Die Steigbügel waren zu kurz, und ich hatte meine Leica in der Hüfttasche vergessen, deshalb saß ich nicht gerade bequem. Beth wartete, bis ich im Sattel war, dann riß sie ihr Pferd herum und preschte den Hügel hinauf. Ich trat meinem Biest ein paarmal in die Seiten und brachte es auch in Bewegung, aber oben mußte sie doch auf mich warten. »Dort liegt die Ranch«, erklärte sie.
In dem Talkessel vor mir lag eine Ansammlung niedriger Blockhäuser mit großen, modernen Fenstern.
»Wohnt ihr denn das ganze Jahr hier?« fragte ich.
»Nein, im Winter ziehen wir in die Stadt, da haben es die Kinder näher zur Schule. Larry besitzt außerdem ein kleines Haus in Mexiko, da fahren wir auch manchmal hin. Komm! Wir müssen dort hinüber, wenn wir die Jungen noch treffen

wollen. Peter und ich sind geradewegs den Berg heruntergeritten, aber die anderen werden wohl dem Pfad folgen.«
Sie legte ein ordentliches Tempo vor. Seit unserer letzten Begegnung hatte sie sich im Geländereiten entschieden verbessert. Zweifellos wollte sie deshalb mit mir zur Ranch reiten – um mir ihre Künste vorzuführen. Außerdem sagte sie sich vermutlich, daß ich seit einem Jahr nicht mehr im Sattel gesessen hatte. Ein hinkender, wundgerittener Mann ist im Nachteil, wenn er bei heiklen Familiengesprächen Ernst und Würde bewahren soll. Doch ich ließ ihr den kleinen Spaß.
Wir ritten um die Flanke des Berges herum und gelangten in eine waldige Senke, durch die ein ausgetretener Pfad führte. Ich zügelte mein Pferd neben ihr. Sie drehte mir das Gesicht zu, gerötet und atemlos von dem raschen Ritt. In meinen Augen war sie sehr begehrenswert, aber schließlich bin ich auf diesem Gebiet voreingenommen. Ich habe sie ja sogar einmal geheiratet.
»Sie müssen gleich kommen«, sagte sie. »Falls sie nicht schon vorbei sind. Ich hab ihnen gesagt, sie sollen gleich nach Hause reiten. Natürlich ist einer von den Männern bei ihnen, aber sie reiten jetzt alle beide sehr gut.« Sie lachte. »Wir haben sogar Betsy schon auf ein Pony gesetzt. Sie ist verrückt darauf, mit uns auszureiten, aber dafür ist sie doch noch etwas zu klein. Schließlich ist sie ja erst drei.«
»Ja«, sagte ich trocken. »Ich weiß. Zufällig war ich dabei, als sie geboren wurde, falls du dich noch daran erinnerst. Zumindest habe ich im Zimmer für werdende Väter gesessen.«
Sie wurde ein wenig rot. »Ja, natürlich ... Ich denke, es ist besser, wir steigen ab und warten auf sie.« Sie zögerte. »Da ist noch etwas, das ich dir sagen wollte.«
»Ja, ich habe deinen Brief bekommen.« Als sie nicht gleich antwortete, fuhr ich lässig fort: »Ich glaube nicht so recht an eure Viehdiebe, Beth.«
Sie erklärte hastig: »Dann weißt du nicht viel über einen modernen Ranchbetrieb ...«
»Klar gibt es Viehdiebe, die hin und wieder nachts mit einem Rind abhauen. Aber doch keine Viehdiebe, die so gefährlich sind, daß dein Mann dich am hellen Tage nicht ohne bewaffnete Begleitung ausreiten läßt. Also, wo liegt der Hase im Pfeffer?«
Wieder zögerte sie. Ihr Pferd tänzelte unruhig. Sie nahm es scharf an die Kandare. »Los, steigen wir ab«, sagte sie. »Ich bin immer

noch keine so gute Reiterin, daß ich diesen Tieren völlig vertrauen könnte.«

Ich stieg ab und hielt ihr Pferd, während sie aus dem Sattel glitt. Ein verdammt komisches Gefühl, wie sie so vor mir stand. Ich meine nur, es war jetzt ein Jahr her, und ich hatte dieses Jahr nicht gerade als Mönch verlebt. Ich hatte immer geglaubt, sie bedeutete mir nichts mehr. Aber als ich sie nun beobachtete, wie sie neben mir leichtfüßig auf den Boden sprang, da wußte ich, daß ich lieber hätte fortbleiben sollen.

Sie warf einen Blick auf die Uhr und beobachtete dann den Weg. »Ich habe gar nicht gemerkt, daß wir so lange gebraucht haben. Sie sind inzwischen wahrscheinlich schon fast auf der Ranch. Aber warten wir lieber noch ein paar Minuten, dann sind wir sicher, daß sie schon vorbeigeritten sind.«

Da stand ich nun in den Bergen Nevadas und hielt zwei Pferde fest, während sie auf mich zukam – groß, schlank, mit braunen Augen und vollem braunem Haar unter ihrem Stetson. Sie blieb vor mir stehen.

»Mrs. Logan«, sagte ich.

Meine Stimme klang so ähnlich, wie ich es mir vorgestellt hatte. Sie sah mich scharf an. »Matt...«

»Komisch, Mrs. Logan«, sagte ich. »Aber Sie sehen haargenau wie ein Mädchen aus, das ich einmal kannte. Sogar recht gut kannte.«

»Matt, bitte! Ich hätte dir gar nicht...«

»Nein, wirklich nicht. Aber du hast mir geschrieben.«

Ich ließ die Zügel los und legte ihr die Hände auf die Schultern. Sie wollte etwas sagen – wahrscheinlich, daß ich sie nicht anrühren sollte. Doch das hätte ziemlich abweisend geklungen und sie ließ es sein. Vielleicht wollte sie mir auch mitteilen, daß sie mit einem Mann namens Logan glücklich verheiratet war, aber auch das sagte sie nicht.

Das alles stand in ihren Augen geschrieben, und ich hätte wohl anständig genug sein sollen, sie in Ruhe zu lassen; das Jahr ohne sie war aber sehr lang gewesen, und schließlich war ich Logan nichts schuldig. Was hatte er schon für mich getan, außer daß er meine Frau heiratete?

»Matt!« flüsterte sie. »Bitte, nein...«

Ich zog sie nicht eigentlich an mich. Oder wenn, so gab es nicht allzuviel Widerstand zu überwinden. Dann lag sie in meinen

Armen, das Gesicht erhoben, und ihr großer Hut fiel ihr in den Nacken. Dort wurde er von dem geflochtenen Band festgehalten. Sie wehrte sich nicht länger gegen mich, ganz im Gegenteil. In der Art, wie sie sich an mich klammerte, lag so etwas wie Verzweiflung. Das war wenig schmeichelhaft. Ich machte mir nichts vor – sie betrachtete mich keinesfalls als einen lang entbehrten Liebhaber. Ich war für sie mehr ein fester Halt, etwas Vertrautes in einer Welt voller Schwierigkeiten, und wahrscheinlich hätte ich mich wie ein Gentleman benehmen und ihr eine Schulter zum Ausweinen und ein aufmerksames Ohr leihen sollen – statt sie stürmisch zu küssen.

Damit änderte sich die ganze Situation, und genau das hatte ich mir auch erhofft. Ich kann ein Fels von Zuverlässigkeit sein, wenn ich muß. Aber nur dann. In diesem Augenblick war ich es nicht mehr. Wir hatten einander zu lange gekannt und waren einander zu nahe gewesen, um es bei einem Kuß zu belassen... Ausgerechnet diesen Augenblick mußten sich unsere beiden Jungen aussuchen, um den Hügel herunterzugaloppieren, gefolgt von einem Cowboy in mittleren Jahren, der eigentlich mehr Verstand hätte haben sollen, als sein Pferd so zu hetzen. Beth und ich hatten gerade noch Zeit, auseinanderzufahren und ehrbar zu tun, da kamen die anderen auch schon angerast.

4

Später ritten Beth und ich gemächlich den Pfad entlang, während die Jungen und ihr Begleiter vorauspreschten. Ich bemerkte, daß im Sattel seines Pferdes – ebenso wie in meinem – ein .30-30er Repetiergewehr steckte.

Das Wiedersehen mit meinen Söhnen war undramatisch verlaufen. Der achtjährige Matthew sagte »Hi, Daddy«, dann sagte der sechsjährige Warren »Hi, Daddy«, und dann saßen sie alle beide verlegen auf ihren Ponys und überlegten, ob ich ihnen wohl Geschenke mitgebracht hätte. Sie waren doch zu höflich, um direkt zu fragen. Danach jagten sie johlend davon. Wenn ein Achtjähriger auf einem Pferd reiten darf, dann bedeuten ihm ein oder zwei zusätzliche Väter nicht allzuviel.

Als wir in den Hof ritten, stand mein Kombi schon da. Beth betrachtete ihn mit einer Art von Heimweh.

»Er hat also immer noch nicht sämtliche Räder verloren!«
»Das ist der beste Wagen, den ich je hatte«, antwortete ich. »Aber ich sehe deine Kiste nicht.«
»Der mußte zum Abschmierdienst, deshalb hat ihn Larry heute morgen mit in die Stadt genommen. Er muß bald wieder hier sein. Ich möchte, daß du ihn kennenlernst.«
»Klar.«
»Ich möchte das wirklich«, betonte sie. »Ich denke, ihr beide werdet euch gut vertragen.«
Mein Freund, der junge Gewehrschütze, kam um die Ecke, um uns die Pferde abzunehmen. Die Jungen hatten die Ranch lange vor uns erreicht. Jetzt wimmelten sie um ihn herum und machten ihm klar, daß er ihren richtigen Daddy kennenlernen müßte. Er war nett zu ihnen, aber in der toleranten, ein wenig diktatorischen Art, wie sie eben jemand an den Tag legt, der dreimal so alt ist wie sie und damit einigen Respekt verlangt, andererseits aber noch nicht zu alt ist, um auf sie einzugehen. Er stellte sie zur Arbeit an, indem er jedem von ihnen ein Pferd zuteilte, das sie absatteln und versorgen sollten. Dann ermahnte er sie noch, ihre eigenen Tiere nicht zu vergessen.
Beth wandte sich an ihn: »Peter, sagst du bitte Clara, sie soll die Kleine aufwecken und anziehen? Sie hat lange genug geschlafen. Ihr Vater wird sie sicher sehen wollen.«
»Ja, *Ma'am*«, antwortete der junge Logan und verzog sich.
Beth blickte ihm nach. Dann meinte sie: »Er ist ein netter Junge. Man kann wohl kaum erwarten, daß er von mir begeistert ist. Seine Mutter ist während des Krieges bei einem Bombenangriff in London umgekommen. Larry und der Junge wurden hierhin und dorthin verschlagen, bevor sie sich in Amerika niederließen. Die beiden waren jahrelang allein miteinander. Peter war natürlich einen Großteil der Zeit von zu Hause fort – in der Schule –, aber zwischen einem Witwer und seinem einzigen Sohn entwickelt sich eben ein ganz besonderes Vertrauensverhältnis. Dann kam ich daher, und gleich mit drei Kindern! Er muß uns natürlich als Rivalen betrachten. Es spricht sehr für seinen Charakter und seine Erziehung, daß er trotzdem so nett zu uns ist.« Sie schüttelte den Kopf und wechselte das Thema. »Ich gehe jetzt duschen. Zuerst aber zeig ich dir dein Zimmer.« Sie zögerte. »Matt.«
»Ja?«
»Das war ein Fehler. Wir wollen ihn nicht wiederholen.«

»Wie du meinst«, entgegnete ich höflich.
»Es wäre ganz falsch«, sagte sie. »Außerdem würde dann alles so kompliziert und peinlich, findest du nicht? Ich weiß auch nicht, wo ich meine Gedanken hatte. Ich...« Sie holte tief Luft. »Da kommt übrigens Larry.«
Ein vertrauter Wagen tauchte auf dem Weg auf. Sie eilte ihm entgegen. Ich sah ihr Zögern, als sie merkte, daß der Mann am Steuer nicht allein war.
Ein seltsam harter Ausdruck, den ich nicht an ihr kannte, huschte über ihr Gesicht. Danach ging sie weiter, aber nicht mehr so rasch wie vorhin. Ich ließ mir Zeit, da ich es für ratsam hielt, wenn sie ihren Mann erst auf meine Anwesenheit vorbereitete. Als ich auf die beiden zuschlenderte, sprachen sie neben dem Wagen miteinander; aber nicht Larry Logan zog zuerst meine Aufmerksamkeit auf sich. Ich starrte fasziniert das junge Mädchen an, das auf der anderen Seite zusammen mit einem Hund ausgestiegen war. Der eindrucksvollere von beiden war wohl der Hund. Rothaarige Mädchen hatte ich schon kennengelernt, aber das war der erste graue Afghane, der mir begegnete. Wie bei allen Afghanen, war auch bei diesem das Fell am Rücken kurzhaarig und zu den Beinen hin länger. Da er außerdem schlank und knochig gebaut war, sah er aus wie ein Windhund mit ausgefransten, schäbigen Cowboyhosen. Der Kopf war schmal, lang und überzüchtet, mit großen, braunen, bittenden Augen.
Das Mädchen war auch nicht gerade unauffällig. Ihr Haar hatte die wunderbare rötlich-goldene Färbung, von der ich immer bezweifle, daß eine Frau sie auf natürliche Weise zustande bringt. Es war am Hinterkopf mit ein paar nicht sehr vertrauenswürdig wirkenden Klammern aufgesteckt. Sie war noch recht jung und nicht sehr groß, aber gut entwickelt. Mit anderen Worten: abgesehen von der schmalen Taille und den schlanken Gelenken war sie keineswegs dürr.
Sie trug Sandalen, die am Strand in Florida Furore gemacht hätten, auf einer Ranch in Nevada jedoch etwas unpraktisch erschienen. Dazu eine smaragdgrüne, hautenge Hose, die etwa zwanzig Zentimeter über den Knöcheln aufhörte, und darüber eine lose, mit einem exotischen Muster bedruckte Bolerojacke in der gleichen Grundfarbe. Ein Jammer, daß sie diese Pracht an uns einfache Bergbewohner verschwendete.
Da ich an Beth und Logan denken mußte und den Männchen

machenden Hund beobachtete und da außerdem die Jungen herüberkamen, um ihn zu bewundern, ist es wohl verzeihlich, daß ich ihrem Gesicht nicht sofort gebührende Aufmerksamkeit widmete. Zudem stand sie halb von mir abgewandt, weil sie den Hund zu beruhigen suchte. Schließlich überredete sie ihn, wieder mit allen vieren auf die Erde zurückzukehren, aber er war nicht recht glücklich dabei, sondern zitterte, den langen, dünnen Schwanz zwischen die Beine geklemmt.

»Matt«, sagte Beth und ging auf mich zu. »Ich möchte dich mit meinem Mann bekannt machen. Larry, das ist Matt Helm.«

Logan stand dicht vor mir. Er sah genauso aus, wie Mac ihn mir beschrieben hatte – hager, sehnig, sehr englisch mit dem buschigen, sandfarbenen Schnurrbart und den scharfen blauen Augen unter den sandfarbenen Brauen. Er war älter, als ich ihn mir vorgestellt hatte, sicher schon in den Vierzigern. Doch das hätte ich mir denken können, wenn er einen Sohn um die zwanzig hatte. Die Briten halten nicht viel von Frühehen.

Er streckte mir die Hand entgegen. Es war keine freundschaftliche Geste und nicht einmal ein Friedensangebot, sondern einfach die Art, wie ein Gentleman einen anderen begrüßt und dabei unabhängig von möglichen Meinungsverschiedenheiten die Form wahrt.

»Ich habe schon viel von Ihnen gehört, Mr. Helm«, sagte er.

»Kann ich mir denken. Sicher wär's Ihnen lieber gewesen, wenn Sie weniger gehört hätten.«

Nach kurzem Zögern lächelte er. »Stimmt.«

Der Kontakt war zumindest da. Bei einigem guten Willen auf beiden Seiten war es durchaus möglich, daß wir uns verstehen lernten. Wir musterten einander. Dabei wurde mir klar, was Mac gemeint hatte, wenn er sagte, dieser Bursche könne sich sehr wohl selber helfen.

Er wollte etwas sagen, da nahm ihn Beth beim Arm. »Der Hund beißt doch nicht?« fragte sie und deutete auf den Köter, der jetzt flach wie ein Zottelfell auf dem Boden lag, den Kopf zwischen den Vorderpfoten, und einen entsetzlich verschüchterten Eindruck machte. Die beiden Jungen streichelten und kraulten ihn und stellten der Besitzerin alle möglichen Fragen.

»Ja«, hörte ich das Mädchen antworten. »Sie können sehr schnell laufen. In unwegsamem Gelände sind sie fixer als Windhunde.«

»Donnerwetter!«
Logan lachte Beth an. »Der ist froh, wenn die Jungen ihn nicht beißen, meine Liebe. Afghanen sind gutmütige Tiere, und der hier scheint trotz seines Stammbaumes ein zartbesaitetes Pflänzchen zu sein.«
»Warum hast du sie mitgebracht?«
»Es ist ein Rüde, Elizabeth«, sagte Logan. Ich sah ihn rasch an. Er machte ein todernstes Gesicht, obgleich er sie auf seine unterspielte, kühl-britische Art hochnahm.
»Ich meine nicht den Hund«, entgegnete sie scharf.
»Ach so«, sagte er, immer noch todernst. »Ich habe sie unterwegs getroffen. Sie erkundigte sich nach Peter. Die beiden sind von Kindheit an befreundet. Als sie hörte, daß er zu Hause sei, fragte sie mich, ob sie nicht mitkommen dürfte. Das konnte ich schlecht ablehnen. Sie hat es bei ihren Eltern nicht leicht gehabt, deshalb fühlte sie sich bei uns mehr daheim. Ich wollte sie nicht verletzen... Da ist ja Peter, und er hat sich sogar gekämmt. Das hat väterliche Autorität bei ihm nie erreicht. Jetzt gehen wir wohl lieber hinein und überlassen die Kinder sich selbst. Sind Sie für Whisky oder Martini, Mr. Helm?«
»Ich trinke beides – das kommt ganz auf die Umstände an. Wenn man sich's gemütlich macht, ist ein Whisky besser. Auf die Schnelle geht nichts über einen Martini. Heute abend scheint mir ein Martini angebrachter zu sein, Mr. Logan.«
»Gut.«
»Entschuldigen Sie mich bitte«, sagte ich. »Ich bin gleich wieder hier.«
Er warf einen Blick zur Tür. Ein farbiges Kindermädchen führte Betsy herein. Die Kleine war frisch geschrubbt, hatte rosa Bäckchen und sah in dem gestärkten Kleidchen blitzsauber aus.
»Wir sind drüben im Wohnzimmer«, sagte Logan. Dann nahm er Beths Arm und ließ uns taktvoll allein.
Ich sah ihm nach. Wenn ich nicht aufpaßte, fing ich sicher bald an, den Burschen nett zu finden. Dann begrüßte ich meine Tochter. Für sie hätte ich genausogut der Weihnachtmann sein können – es fehlte nur der Bart, wie sie mißbilligend feststellte.
Das hohe, luftige Wohnzimmer war leer, als ich eintrat. Dann kam Logan durch eine Tür neben dem offenen Kamin, anscheinend aus einem Büro oder Arbeitszimmer, das einen separaten Zugang hatte. In der einen Hand hielt er ein hohes Glas. Mit der anderen

deutete er auf meinen Drink, den er mir schon auf der Bar in der Ecke eingegossen hatte. Ich trank hastig einen Schluck.
Er sagte: »Es ist immer eine Art Schock, wenn sie einen nicht wiedererkennen, wie? Mir ist es im Krieg genauso ergangen.« Er hob sein Glas. »Also dann zum Wohl – und so weiter.«
»Zum Wohl«, wiederholte ich. »Ich hab ihnen ein paar Geschenke aus Europa mitgebracht. Ich hoffe, Sie haben nichts dagegen.«
»Keineswegs.«
»Wo ist Beth?«
»Ich habe Beth gebeten, sich für eine Weile zurückzuziehen. Ich möchte Ihnen etwas sagen, Mr. Helm, und fand das in ihrer Abwesenheit leichter.«
»Klar«, sagte ich. »Verhandeln wir im Stehen, oder setzen wir uns lieber?«
Er lächelte flüchtig. »Ich bin wieder einmal schrecklich formell, wie? Bitte, machen Sie es sich doch bequem. Ich empfehle den Sessel dort neben dem Fenster.« Er deutete auf einen wuchtigen Ledersessel und ging auf den gegenüberstehenden zu.
»Mr. Helm ...«
Ich nahm mein Glas von der Bar. Als ich mich umwandte, stieß ich mit der Hüfte gegen das Holz. Die Kamera in meiner Gesäßtasche klapperte hörbar. Instinktiv griff ich danach, um festzustellen, ob sie noch in Ordnung war. Bei dem Geräusch und meiner plötzlichen Bewegung unterbrach Logan sein höfliches Geplauder. Seine Hand zuckte blitzschnell zum Revers seiner khakifarbenen Buschjacke.
Diese Geste hätte bei mir eigentlich eine heftige Reaktion auslösen müssen. Zum Glück war ich seit meiner Begegnung mit dem jungen Logan auf der Hut und unterdrückte meine Reflexe. Ich blieb nur abwartend stehen. Seine Hand hielt mitten in der Bewegung inne. Nun holte ich tief Luft, langte ohne besondere Hast in meine Hüfttasche und zog die Leica heraus. Ich legte sie auf die Bar.
»Ich wollte noch die Kinder fotografieren, bevor ich wieder wegfahre«, erklärte ich.
Sein Gesicht wirkte wie aus Holz geschnitzt. Er rückte seinen Schlipsknoten zurecht. »Selbstverständlich«, murmelte er.
Dann wurde es still in dem großen Raum. Am liebsten hätte ich gelacht oder laut losgeschrien. Jetzt hatte ich ihn durchschaut. Diese instinktive Geste hatte mir alles enthüllt, was ich wissen

wollte. Das ist der Ärger mit Schulterhalftern – man verrät sich zu leicht.
Ich blickte ihn finster an. Nun wußte ich auch, was mich vorhin so eigenartig berührt hatte. Es war ein leiser Geruch nach Rauch – Pulverrauch. Den wird man nie ganz los. Das weiß ich aus eigener Erfahrung.
Trotzdem war es komisch. So etwas hatte Beth also geheiratet, nachdem sie mich verlassen hatte, weil sie gewalttätige Menschen nicht ertragen kann – einen leicht überständigen Glücksritter, einen von den Burschen, die mit Kanonen im Schulterhalfter herumlaufen...

5

Keiner von uns sagte ein Wort. Er kam langsam auf mich zu und stellte sein Glas auf die Bar. Er war ein Profi – nicht einen Tropfen hatte er verschüttet. Nun, ich auch nicht. Er griff lässig nach der Kamera. »Wetzlar, Germany«, las er und sah mich an. »Kann nicht behaupten, daß ich die Deutschen besonders mag, aber sie bauen gute optische Geräte, wie?«
»Richtig«, sagte ich.
Ein trauriger Ausdruck lag auf seinem Gesicht. Offenbar überlegte er, ob er mir sein Verhalten erklären und mich um Verständnis bitten sollte; dabei wußte er nicht, daß ich ihn sehr gut verstand. In gewisser Weise empfand ich sogar Sympathie für ihn. Das bedeutete nicht, daß ich bereit war, ihm zu helfen, oder daß ich zögern würde, ihm alles wegzunehmen, was nicht niet- und nagelfest war – und im Augenblick hatte ich nicht das Gefühl, daß Beth bei ihm sehr fest angenagelt war.
Ich sagte: »Sie wollten mir doch etwas erzählen.«
»Ach ja, richtig.« Er trank einen Schluck, schaute in das Glas und sah mich wieder an. »Meine Frau hat Ihnen einen Brief geschrieben.«
»Ja.«
»Sie hat es mir hinterher erzählt, weil sie nicht sicher war, ob sie richtig gehandelt hatte. Wußten Sie das?«
»Aha.«
Er zögerte. Dann erklärte er rundheraus: »Ich brauche keine Hilfe, ich kann allein auf meine Familie aufpassen, Mr. Helm.«

»In Ordnung.«
»Ich erscheine nicht gern ungastlich«, fuhr er fort. »Aber Sie machen nicht den Eindruck, als ob Ihnen eine verspätete Mahlzeit viel anhaben könnte. Wenn Sie nach Reno zurückkommen, können Sie in aller Ruhe essen gehen. Wenn Sie in Zukunft Ihre Kinder in vernünftigen Abständen sehen wollen – dagegen habe ich natürlich nichts –, dann verständigen Sie mich, und ich werde dafür sorgen, daß Sie sie an einem dritten Ort treffen können. Habe ich mich klar genug ausgedrückt?«
»Sonnenklar.«
Er lächelte. »Wir alle spielen manchmal eine Rolle, nicht wahr? Bis zu einem gewissen Grad tue ich das auch. Sagen wir einmal, es gehört mit zur Tarnung. Ich glaube, Sie wissen schon, was ich meine. Ich möchte sie aufrechterhalten, genauso wie mein ganzes Leben hier. Und zwar ungestört.«
»Das ist sehr hübsch, wenn man's kriegen kann«, sagte ich. »Mir ist es nicht gelungen.«
»Ich weiß. Wie ich schon sagte – ich habe viel von Ihnen gehört und... sagen wir... noch mehr erraten. Ich möchte von Ihren Fehlern profitieren. Sie wissen doch, daß Sie einige Fehler gemacht haben?«
»Das tut jeder.«
»Vielleicht«, sagte er. »Aber man kann sich doch bemühen, seine Fehler auf ein Mindestmaß zu beschränken. Einen werde ich jedenfalls vermeiden: Sie hierbleiben lassen. Tut mir leid. Nach allem, was ich so beobachtet habe, könnte ich Sie ganz gern haben. Ich möchte zum Beispiel mit Ihnen zur Jagd gehen, das wäre zumindest interessant. Außerdem wäre das natürlich sehr anständig von uns beiden; aber manchmal kann man den Anstand auch übertreiben. Glauben Sie nicht, daß es mir Spaß macht, unhöflich zu sein. Sie sind der erste Mensch, der dieses Haus hungrig wieder verlassen wird. Aber Sie haben wenigstens etwas zu trinken bekommen.« Sein Lächeln war dünn und nicht sehr angenehm. Wenn er will, kann er wahrscheinlich ein recht schwieriger Kunde sein, dachte ich. Er murmelte: »An Ihrer Stelle würde ich mich damit zufriedengeben, alter Junge. Wirklich, das würde ich.«
Als ich wieder ins Freie trat, stand die Sonne niedrig über den Bergen im Westen. Ich hatte keinen Belichtungsmesser mitgebracht und stellte die Kamera nach Gutdünken ein. Während ich

daran herumfummelte, hörte ich die Stimme des jungen Peter Logan hinter der Hausecke.
»Wenn du schon in Guadaljara warst, hättest du uns doch am Chapala-See besuchen können.«
»Ich hab ja nicht gewußt, daß ihr dort wart. Außerdem wollte ich niemand sehen.« Nach einer Weile fuhr das Mädchen fort: »Hab ich dir schon erzählt, daß ich einen neuen Wagen habe? Wohl eine Art Trostpreis, aber wer beklagt sich schon über einen Mercedes 190 SL? Echte Lederpolsterung und passendes Gepäck, drunter tue ich es nicht. Klasse!«
Der Junge lachte. »Was heißt hier Klasse?«
»Noch nicht gehört? Prima sagt man doch nicht mehr. Alles ist jetzt Klasse. Du mußt auf dem laufenden bleiben, mein Junge.«
Bei dieser Unterhaltung kam ich mir älter vor als die Sierra. Ich holte die Kinder zusammen und stellte sie für ein Gruppenfoto vor das Haus. Dann machte ich noch ein paar Einzelaufnahmen; zuerst von den Jungen, weil man dazu nicht viel Zeit braucht. Bei einem kleinen Mädchen gibt man sich schon mehr Mühe.
Betsy wartete geduldig und rannte dann davon, um mit dem Affenhund zu spielen, wie sie ihn nannte. Er lag friedlich hinter dem Geländer, an dem er angebunden war. Ich sah für das Mädchen keine Gefahr und wandte mich wieder den Jungen zu. Im nächsten Augenblick brüllte Betsy, und der Hund kläffte wie wild. Anscheinend hatte sie ihn aus tiefem Schlaf geweckt, und er war aufgeregt hochgefahren. Die straffgespannte Leine hatte Betsy zu Boden gerissen. Das erregte Tier stand über ihr und erschreckte sie nur noch mehr.
Auch der Hund heulte. Das Würgehalsband schnürte ihm die Kehle ab. Das Mädchen in der leuchtendgrünen Hose kam um die Hausecke gerannt. Ich steckte die Kamera weg und setzte mich ebenfalls in Bewegung, beeilte mich allerdings nicht sonderlich. Ich hatte in letzter Zeit wenig Übung als Vater gehabt, aber ich hörte immer noch den Unterschied zwischen dem Weinen eines verletzten Kindes und dem eines nur erschrockenen, zornigen.
Das Mädchen machte den Hund von der Leine los und führte ihn ein Stück weg; dabei bemühte sie sich, das Tier zum Niederlegen zu bewegen. Der Hund stand auf den Hinterläufen und richtete sich an ihr auf, aber das bißchen Schmutz an ihrem phantasievollen Aufzug schien ihr nichts auszumachen. Ich hör-

te sie lachen, während ich mich über Betsy beugte. Dann schob mich jemand wütend beiseite. Beth packte das Kind, preßte es an sich und wirbelte zu dem Mädchen herum.
»Verschwinden Sie«, fauchte Beth. »Verschwinden Sie und nehmen Sie... dieses Biest mit.«
Das Lachen des Mädchens erstarb. »Aber, Mrs. Logan, Scheich wollte doch nicht...«
»Weg hier!« schrie Beth. »Wir wollen Sie nicht hier haben, kapieren Sie das nicht? Wir wollen Sie nicht und überhaupt niemand, der Fredericks heißt!«
Es dauerte eine ganze Weile, vielleicht eine volle Sekunde, bis mir einfiel, wo ich den Namen schon einmal gehört hatte.

6

Das konnte natürlich ein Zufall sein, aber ich arbeite schon zu lange für Mac, um daran zu glauben. Die Bedeutung entging mir allerdings zunächst.
Beth kniete immer noch vor mir, hielt Betsy fest und funkelte die kleine Fredericks wütend an. Ihr Verhalten wäre mir sicher unvernünftig vorgekommen, wenn mir nicht die Waffen in den Satteltaschen und Logans Schulterhalfter und ihre Ausrede mit den Viehdieben eingefallen wären. Alle hier schienen unter einem – irgendeinem furchtbaren Druck zu stehen.
»Verschwinden Sie!« schrie Beth.
Es wurde für eine Weile still, dann wandte sich das Mädchen ab und befahl: »Scheich, bei Fuß!« Sie marschierte die Straße entlang, und der große Hund folgte ihr gehorsam.
Wir sahen ihnen nach. Dann hob Beth mit einem Ruck den Kopf. »Peter, wo willst du hin?«
Der Junge ging quer über den Hof auf eine offene Wagenremise zu. Drinnen standen ein schnittiger grüner Jaguar und einer von den großen Landrovers mit Vierradantrieb, wie man sie zur Jagd in Afrika benutzt. Peter blieb stehen und blickte sich finster um.
Es wurde Zeit, daß ich eingriff, bevor sich eine ernsthafte Familienkrise entwickelte.
»Laß nur, Peter«, sagte ich und ging auf meinen Wagen zu. »Ich wollte ohnehin gehen. Ich fahre sie schon nach Hause.«
Der Junge zögerte. Offensichtlich hätte er lieber selbst den Retter

gespielt, aber Logans Stimme brachte ihn zur Vernunft. »Schon gut, Peter, Mr. Helm kümmert sich um sie.«
»In Ordnung.«
Ich öffnete die Tür meines Kombi und drehte mich um. Logan stand neben Beth hochaufgerichtet in seiner verwaschenen Khakihose und der Buschjacke. Von der Waffe im Schulterhalfter war nichts zu sehen. Ich hob grüßend die Hand, und er erwiderte den Gruß. Als ich einstieg, wandte er sich an Beth.
»Es war doch nicht nötig, eine Szene zu machen, meine Liebe. Das Mädchen hat nichts zu tun mit...«
»Woher weißt du das?« erwiderte sie. »Schließlich ist sie seine Tochter, oder nicht? Er kann sie doch hergeschickt haben, weil...«
Ich mußte die Wagentür schließen, bevor es auffiel, daß ich lauschte. Deshalb bekam ich den Rest nicht mehr mit. Ich ließ den Motor an und fuhr ohne weiteres Zeremoniell los. Als ich auf dem Hof wendete, kam ich dicht an dem Jungen vorbei. Er funkelte mich mißtrauisch an. Offensichtlich traute er mir nicht als Beschützer unschuldiger Weiblichkeit. Das konnte ich ihm nicht übelnehmen. In dieser Hinsicht traute ich mir auch nicht so recht.
Nach ungefähr einem halben Kilometer holte ich sie ein. Bevor ich neben ihr hielt, fuhr ich erst ein Stück langsam hinter ihr her, um den Anblick zu genießen. Zwei faszinierendere Achtersteven hatte ich in meinem ganzen Leben noch nicht gesehen – den großen Afghanen mit seinen zottigen Beinen und dem langen Schweif und das phantastisch gut gebaute Mädchen in den engen grünen Hosen. Sie schritt trotz ihrer unbequemen Sandalen tapfer aus. Die Sonne warf Reflexe auf ihr rotgoldenes Haar. Keiner der beiden gönnte mir auch nur einen Blick. Der Hund wollte einen erschrockenen Satz zur Seite machen, aber sie gab ihm ein scharfes Kommando, und er ging wieder brav bei Fuß. So marschierten sie stur die endlose Gebirgsstraße entlang, die Köpfe aufgerichtet, die Augen geradeaus.
Ich beugte mich aus dem Fenster und sagte: »Der Hund würde es wahrscheinlich schaffen, aber bei Ihnen bezweifle ich es – in diesem Schuhwerk.«
Sie ging noch ein paar Schritte, dann blieb sie plötzlich stehen und drehte sich zu mir um. Zu meinem Erstaunen bemerkte ich auf ihren Wangen feuchte Tränenspuren. Sie antwortete nicht gleich, sondern musterte mich zuerst abschätzend. Zum ersten-

mal hatte ich Gelegenheit, sie in aller Ruhe zu betrachten. Sie hatte einen breiten Mund, eine recht hübsche Stupsnase und verwirrende, meergrüne Augen, die eigentlich gar nicht in dieses Kindergesicht paßten.
Nach einer Weile hob sie beide Hände, schob sich rasch die Frisur zurecht und warf einen Blick auf den Hund, der brav neben ihr saß und sie gespannt beobachtete.
»Ihn legen wir lieber auf den Rücksitz«, sagte sie.
»Wenn er mir die Bezüge verdreckt, machen Sie sie wieder sauber«, sagte ich.
»Er ist sehr brav«, erklärte sie steif. Dann beugte sie sich zu dem Hund hinunter, legte ihm die Arme um den Hals und verbarg das Gesicht in seinem Fell. Ich hörte so etwas wie ein Schluchzen. Da zog ich die Handbremse an, stieg aus und öffnete die hintere Klappe des Kombi. Sie führte das Tier heran, sah kurz hinein und fragte: »Was ist in der Kiste?«
»Ein paar Lebensmittel.«
»Nehmen Sie Brot und Schinken lieber nach vorn, das wäre etwas zuviel verlangt von ihm.«
»Gut.«
Wir hatten alle Hände voll zu tun, den Köter an Bord zu schaffen. Er drehte wieder durch, und wir mußten die siebzig Pfund Hund – hauptsächlich Beine – regelrecht in den Wagen heben. Ich kurbelte die Seitenfenster einen Spalt herunter, dann schloß ich die Klappe.
Als wir einstiegen, sagte ich zu ihr: »Allerhand Hund haben Sie da.« Dann ließ ich den Motor an.
Sie bedachte mich mit einem Seitenblick. »Wenn Sie Ihr ganzes Leben in Zwingern verbracht hätten, wären Sie auch ein bißchen menschenscheu. Als ich ihn bekam, war er noch nie in einem Haus gewesen. Dafür macht er sich schon ganz gut.« Ich hörte ein leises Schnauben. »Sie haben nicht zufällig ein Papiertaschentuch? Ich habe anscheinend eine Allergie gegen Staub oder so.«
Ich starrte taktvoll geradeaus. »Ja, das kommt vor. Sehen Sie mal im Handschuhfach nach.«
Sie putzte sich die Nase und plauderte dann munter weiter: »Er ist wirklich ein großartiger Hund. Sehr brav und absolut sauber. Es war ein Kinderspiel, ihn stubenrein zu kriegen. Er bellt fast nie und stört die Leute nicht.« Nach kurzer Pause fügte sie hinzu: »Wissen Sie, es ist schon eine Aufgabe, einen solchen Hund zu

übernehmen, der beinahe ein wildes Tier ist, und ihm beizubringen ... daß er einem vertraut. Ich hatte mal einen kleinen Schäferhund, an dem ich sehr hing. Ich bin fast gestorben, als er überfahren wurde. Aber Schäferhunde sind ganz anders. Scheich hat überhaupt keine Beziehung zu Menschen, zumindest glaubt er das. Zuerst ist er nur zu mir gekommen, wenn er sein Futter haben wollte. Es war eine Heidenarbeit, einen solchen Hund dazu zu bringen, daß er ein einziges Mal mit dem Schwanz wedelt. Er muß natürlich noch viel lernen, aber es wird schon werden.«

Ich sagte nichts, sondern konzentrierte mich aufs Fahren und ließ sie einfach reden. Sie nahm noch ein Papiertaschentuch aus dem Handschuhfach und putzte sich wieder die Nase.

»Er war genau das, was ich brauchte«, sagte sie. »So eine Art Therapie. Ich war eine Weile in New York und habe an der Columbia-Universität gearbeitet, nachdem man mich ... Reden wir nicht davon. Jedenfalls wurde ich in eine Geschichte mit einem verheirateten Mann verwickelt, und alles war ganz furchtbar durcheinander. Na ja, Sie verstehen schon. Dann ist mein anderer Hund überfahren worden, und ich wäre am liebsten von einer der Brücken gesprungen, ich habe mich nur nicht entschließen können, von welcher – in der verdammten Stadt ist die Auswahl zu groß. Wie ich dann quer durch Long Island gefahren bin, habe ich zufällig den Zwinger entdeckt. Ich ging hinein und verlangte den wildesten, bösesten und schwierigsten Hund, den sie da hatten und den sonst niemand haben wollte. Ich wußte nicht mal, welche Rasse sie züchteten, das war mir auch egal. Da brachten sie mir Scheich. Er war nicht bösartig und hat sich auch nie einfallen lassen, mich zu beißen, aber schwierig und nervös war er ohne jede Frage. Sie hätten sehen sollen, wie er davongeschossen ist, als ich ihn zum erstenmal an die Leine genommen habe. Ehrlich, ich dachte schon, wir müßten ihn mit Hubschrauber und Netz einfangen ... Sie heißen doch Helm, nicht wahr?« fragte sie plötzlich.

»Ja«.

»Dann waren Sie mit Peters Stiefmutter verheiratet. Er hat es mir erzählt.«

»Das stimmt.«

»Sie Glücklicher«, sagte sie. »Mein Gott, was haben Sie für ein Glück!« Dann putzte sie sich wieder die Nase.

»Falls Ihnen die Taschentücher ausgehen – in der Schachtel hinter dem Sitz sind noch mehr.«
»Normalerweise fange ich nicht gleich zu heulen an«, sagte sie. »Nur ... Sehen Sie, Scheich ist schon in Ordnung, aber er kann sich nicht so ausdrücken. Da war es nett, wieder mal mit Menschen zu reden. Ich war so viel von zu Hause fort, daß ich hier keine Freunde habe – außer Barbekanntschaften.«
Ich sah sie an. »Und die wollen nicht nur mit den Automaten spielen, denke ich mir.«
»Machen Sie Witze? Von diesen Memmen wagt es keiner, mich auch nur schief anzuschauen. Die haben alle solche Angst vor Dad, daß sie sich nicht einmal in unserem Viertel sehen lassen, weil das vielleicht zu Mißverständnissen führen könnte.« Ihre Stimme klang hart. Sie hielt inne, wandte sich zur Seite und musterte mich. »Mein Vater ist der große Sal Fredericks, der Gangster, wie Sie ihn wahrscheinlich nennen würden. Aber das wissen Sie wohl sicher.«
»Wie meinen Sie das?«
»Ich habe Ihr Gesicht beobachtet, als Sie meinen Namen hörten. Der hat Ihnen doch etwas gesagt, wie? Was hat er Ihnen gesagt?«
Ich zuckte die Achseln. »Nicht viel, Miss Fredericks. Ich habe ihn nur schon gehört, das ist alles.«
Sie lachte kurz. »Seien Sie doch nicht so verdammt vorsichtig. Das steht Ihnen nicht ... Für Dad glaube ich immer noch, daß er was mit Hotels zu tun hat. Jedenfalls sieht er es gern, wenn ich so tue, als ob ich es glaube.« Sie lachte wieder. »Hotels! Einfach Klasse, was? Seit meinem neunten Lebensjahr weiß ich Bescheid ... All diese verdammten Schulen immer irgendwo am anderen Ende des Landes. Und dann kriegen sie es doch raus und fangen an zu tuscheln ... Peter Logan ging es genauso, aber für ihn war es etwas leichter. Sein Vater war nicht so bekannt, sondern nur der Leibwächter und die rechte Hand von Sal Fredericks. Und dann war Herzog Logan plötzlich nicht mehr da, und es gab bloß noch so einen brutalen Lümmel mit einer schiefen Nase. Ich durfte nicht mehr zur Logan-Ranch hinausfahren und die Logans auch im Winter nicht mehr in Mexiko besuchen wie früher. Und dann haben sie sich wieder vertragen, und ich durfte wieder hinfahren, aber der Herzog arbeitete nicht mehr bei Dad. Den Grund hat er mir nie verraten. Und jetzt wirft mich seine Frau hinaus und beschimpft den Namen Fredericks. Komisch! Wenn man nun

einmal zufällig Fredericks heißt, möchte man doch auch wissen, was dahintersteckt, finden Sie nicht?« Sie holte tief Luft. »Ich meine, ich will nicht nur Worte hören, wie ich sie mein Leben lang gehört hab – Gangster, Bandit... Nein, ich will genau wissen, warum.«

7

Als wir Reno erreichten, war es schon längst dunkel. Wir fuhren schweigend durch die Stadt. Sie zeigte mir den Weg. Wir kamen in eine nette Wohngegend und hielten vor einem kleinen blauen Haus im kalifornischen Stil.

»Biegen Sie in die Einfahrt ein«, sagte sie. Ich bremste hinter einem weißen Sportwagen, der auf dem Kiesweg parkte. Sie hatte wohl das Gefühl, mir wegen des Hauses eine Erklärung schuldig zu sein. »Für eine alleinstehende Person ist es wohl ziemlich groß«, sagte sie. »Aber ich wollte es Scheich nicht zumuten, ein Appartement mit mir zu teilen. Die Nachbarn versuchen verzweifelt, aus mir schlau zu werden, weil ich hier allein wohne. Wenn sie es wirklich herausfinden, werden sie wahrscheinlich eine Petition unterschreiben, damit mein Mietvertrag gekündigt wird... Schönen Dank fürs Mitnehmen.«

»Ich helfe Ihnen noch mit Ihrem Pony«, sagte ich.

Wir mußten wieder zu zweit arbeiten, um den Hund auszuladen. Er wollte sich nicht herausziehen lassen. Ich mußte schließlich zu ihm hineinsteigen und ihn in ihre Arme scheuchen. Er duckte sich ängstlich auf den Boden, bis ich drin war, und dann schoß er in fliegendem Start nach draußen. Sie war zwar auf den Ansturm vorbereitet, aber siebzig Pfund Hund waren doch zu viel für sie. So landeten sie beide im Kies. Sie schlug einen Purzelbaum und bekam gerade noch das Ende der Leine zu fassen, das ihr beim Sturz entglitten war. »Schön brav, Scheich«, sagte sie freundlich und rappelte sich auf. Dann wandte sie sich an mich: »Nochmals vielen Dank. Ich hoffe nur, ich habe Sie mit meinen Bekenntnissen nicht zu sehr gelangweilt. Wollen Sie noch reinkommen? Ich hab was zu trinken und Eis, und ein Hamburger müßte auch noch irgendwo sein.«

Während sie mich einlud, wischte sie sich das Hinterteil ab. Ihre Stimme klang so gleichmütig wie möglich, aber ihre verwirren-

den Augen waren unverwandt auf mich gerichtet. Es war ein Test. Jetzt mußte es sich zeigen, ob ich ein netter Kerl war oder nur einer von den Lumpen in mittleren Jahren, die es auf Jugend und Schönheit abgesehen haben.
»Klingt verlockend«, sagte ich. Ihre Augen verengten sich sofort, und ich fuhr fort: »Leider muß ich darauf verzichten. Ich habe ungefähr zwölf Stunden Schlaf nachzuholen, weil ich letzte Nacht in der Wüste durchgefahren bin.«
»Wo wohnen Sie denn?«
»Im Riverside Motel.«
Sie zögerte, dann fragte sie unvermittelt: »Jagen Sie gern?«
»Klar«, sagte ich. »Aber meines Wissens ist jetzt überall Schonzeit. Außerdem müßte ich mir einen Jagdschein besorgen, und das ist ein ziemlich teurer Spaß.«
Sie bückte sich und streichelte den schmalen Kopf des Hundes. »Er braucht keinen Jagdschein, und für wilde Kaninchen gibt es keine Schonzeit«, sagte sie. »Jedenfalls hat mich bis jetzt noch kein Förster verhaftet. Es... es ist ganz interessant, ihm zuzusehen. Vielleicht gehe ich morgen wieder mit ihm raus. Wollen Sie mitkommen?«
»Gern«, entgegnete ich. »Aber bitte nicht zu früh.«
»Wir könnten Ihren Kombi nehmen, dann mache ich mir mein gutes Stück auf den schlechten Straßen nicht kaputt. Ich rufe Sie an.«
Sie wandte sich rasch ab und ging mit dem Hund ins Haus. Die Tür fiel ins Schloß, dann wurde es drinnen hell. Ich runzelte nachdenklich die Stirn. Eines lernt man in diesem Beruf: Man darf sich nicht einfach einbilden, daß hübsche junge Mädchen so mir nichts dir nichts etwas mit einem unternehmen wollen, und sei es nur einem Hund bei der Kaninchenjagd zuzusehen. Im Weggehen betrachtete ich mir ihren Wagen noch einmal genauer. Das kleine, elegante Mercedes-Sportkabriolett kostete mit allem Drum und Dran seine sechstausend Dollar. Ich setzte mich in meinen alten Kombi, fuhr zum Motel zurück und parkte vor meinem Bungalow. Es war der letzte in der Reihe.
Ich stieg aus und musterte im Näherkommen nachdenklich die Tür. Sämtliche Anzeichen sprachen dafür, daß nach mir niemand mehr dagewesen war. Ich lachte mich wegen dieser Vorsichtsmaßnahme aus. Schließlich hatte ich ja Urlaub. Ich steck-

te meinen Schlüssel ins Schloß, da bewegte sich rechts von mir etwas in den Ziersträuchern.
»Eric...«, flüsterte eine erstickte Stimme.
Ich umklammerte das kleine Messer in meiner Tasche. Es ist nicht viel größer als ein normales Taschenmesser, aber die Klinge läßt sich in aufgeklappter Stellung arretieren. Linkshändig hantierte ich an dem Schloß herum, als ob ich es nicht aufbrächte.
»Wer ist da?« raunte ich, ohne den Kopf zur Seite zu drehen.
»Paul.«
Ich wartete. Jetzt mußte ein Erkennungssatz kommen, und ich hatte mit einem anderen Satz zu antworten. Statt dessen stöhnte er.
»Um Himmels willen, Mensch, helfen Sie mir doch, rasch! Ich habe gewartet – bin verletzt...« Was nun folgte, konnte man einen ersterbenden Seufzer nennen.
Ich sagte nichts. Ich war schon früher manchmal von wirklich guten Schauspielern an der Nase herumgeführt worden. So zog ich das Messer aus der Tasche und öffnete es. Dabei preßte ich es gegen meinen Körper, um das Klicken zu dämpfen. Er hatte zwar meinen Decknamen genannt – aber die kann man jederzeit herauskriegen. Im Gegensatz zu den Erkennungssätzen werden sie nämlich nicht gewechselt. Meine menschenfreundlichen Instinkte waren schon vor geraumer Zeit verkümmert. Es fiel mir gar nicht ein, blindlings in ein Gebüsch zu tauchen, um einer unbekannten, körperlosen Stimme Erste Hilfe zu leisten.
Niemand sagte ein Wort, nichts geschah. Ich hatte lange genug an dem Schloß herumgefummelt. Nun drehte ich den Schlüssel um und trat rasch ein. Das Schloß war unberührt gewesen, und auch drinnen erwartete mich niemand. Nachdem ich mich davon überzeugt hatte, schaltete ich das Licht ein, klappte das Messer zusammen und legte es weg, holte den .38er-Revolver aus dem Stiefelschaft und überprüfte ihn. Es ist ein abgesägtes, umgebautes kleines Ungeheuer mit Aluminiumgehäuse und zu wenig Eigengewicht, um den Rückstoß der hochbrisanten Patronen aufzufangen. Besonders bei Schnellfeuer. Aber im Augenblick war ich ganz froh, daß ich ihn hatte.
Ich merkte mir die Zeit: sieben Minuten nach acht. Fünfzehn Minuten dürften schon reichen, überlegte ich. Das war lange genug, um ihnen zu zeigen, daß ich nicht auf den Trick hereinfiel, sofern es einer war; in einer Viertelstunde konnten sie sich

verziehen und die Sache neu überdenken, aber keine neue raffinierte Falle vorbereiten. Und wenn mein Kollege, der junge Paul, von dem Mac glaubte, daß er für uns doch nicht taugte, wirklich verletzt da draußen lag ... Nun, wenn er schon nicht in der Lage war, das richtige Erkennungszeichen zu geben, dann mußte er einfach so lange durchhalten, wie meine Sicherheitsvorkehrungen dauerten.

In diesem Punkt sind die Dienstvorschriften sehr streng. Ich hatte zwar noch keinen Auftrag, aber es sah ganz danach aus, als ob ich ihn bald bekommen sollte, und ich wollte am Leben bleiben, um ihn ausführen zu können.

Seit fünfzehn Minuten hatte ich kein Geräusch gehört. Nun, wenn sie mich wirklich haben wollten und den damit verbundenen Krach riskierten, konnten sie mich erwischen – jetzt gleich oder erst in einer Stunde. Ich trat mit dem Revolver in der Hand nach draußen. Im Freien war es wärmer als in dem Motelzimmer mit Klimaanlage. Nichts geschah. Ich stieg in den Wagen und fuhr weg. Niemand folgte mir.

Nachdem ich das festgestellt hatte, hielt ich an einer Telefonzelle und meldete ein R-Gespräch nach Washington an. Ich nannte die Nummer für Notfälle. Sofort war ein Mädchen in der Leitung und wollte mich mit Mac verbinden, aber ich sagte ihr, sie solle ihn in Ruhe lassen.

»Hat Paul sich kürzlich gemeldet? Ist er überfällig?« fragte ich.

»Er arbeitet nach keinem festgelegten Zeitplan. Sein letzter Bericht stammt von vorgestern.«

»Ich brauche vielleicht einen Arzt, der den Mund hält«, sagte ich. »Haben wir einen hier in der Nähe?«

»Einen Augenblick.« Ich hörte Papier rascheln – über dreitausend Kilometer entfernt. »Dr. Ditsinger. Für uns hat er noch nicht gearbeitet, aber für andere Dienststellen und die waren mit ihm zufrieden. Sollen wir ihn benachrichtigen?« – »Bitte.«

Sie nannte mir die Adresse. »Ein paar Minuten brauchen wir schon, um uns mit ihm in Verbindung zu setzen.«

»Ich weiß es noch nicht sicher«, sagte ich. »Rufen Sie ihn morgen früh zurück. Wenn er nichts zu tun bekommen hat, bitten Sie ihn, das Ganze zu vergessen. Hat er inzwischen einen Patienten, dann sagen Sie dem Chef, daß ich die Sache übernehme, falls der junge Paul aus dem Verkehr gezogen werden muß – was ich für wahrscheinlich halte. In dem Fall erbitte ich schleunigst jemand

zu meiner Unterstützung. Aber keinen Kontakt, bis ich mich melde. Hier kriechen mir schon genug Leute durchs Gebüsch. Die Hotelleute machen mir sonst Ärger ... Ach, eine Frage noch.«
»Ja, Sir?«
»Hat Paul sein Objekt eindeutig identifiziert?«
Wieder raschelte Papier. »Ja, Sir, in seinem letzten Bericht. Ich zitiere: ›Martell einwandfrei identifiziert. Nennt sich Fenn, zur Zeit beschäftigt bei Salvatore Frederici, alias Sally Fredericks, bekannt als Leiter des dortigen Rauschgifthandels und ...‹«
»So, Rauschgift?« unterbrach ich sie. »Das Zeug scheint immer noch was einzubringen. Rizzi war auch in der Bande. Möchte nur wissen, was Martell ... Wenn Paul ihn identifiziert hat, warum unternahm er dann nichts? Wofür sparen wir uns den Kerl eigentlich auf?«
»Ich habe die Instruktionen des Agenten hier liegen.« Wieder raschelte Papier. »Nichts unternehmen, bis über Auftrag des beobachteten Objekts Klarheit besteht.«
Es war ja begreiflich, daß Mac neugierig wurde, wenn ein Spitzenagent wie Martell sieben Jahre lang den billigen Gangster spielt, aber diese Neugier konnte eine Menge Menschenleben kosten. Vielleicht hatte sie schon Opfer gefordert.
»Na gut«, sagte ich. »Bestellen Sie ihm, daß ich zurückrufe, sobald es etwas zu berichten gibt.«
»Ja, Sir.«
Ich legte auf und fuhr zum Motel zurück. Die Mühe mit dem Arzt hätte ich mir sparen können. Er lag da im Gebüsch, aber auch ein Doktor konnte nichts mehr für ihn tun. Er war zu Tode geprügelt worden. Ich glaubte, ihn wiederzuerkennen, aber jemand hatte so gründliche Arbeit geleistet, daß das schwierig war. Ich wartete, bis die Luft rein war, dann schleppte ich ihn aus dem Gebüsch, lud ihn in meinen Kombi und brachte ihn zu Dr. Ditsinger. Als der mir eröffnete, mein Freund sei tot, tat ich furchtbar überrascht und erschrocken. Dann riß ich mich mannhaft zusammen und bat Ditsinger, in Washington weitere Instruktionen einzuholen – danach machte ich mich schleunigst aus dem Staube.

8

Als ich auf der Rückfahrt die Brücke über den Truckee River überquerte, verlangsamte ich das Tempo. Es war ziemlich klar, auf welchem Weg Paul das Motel erreicht hatte: Seine Kleidung war tropfnaß gewesen. Sie mußten ihn weiter stromaufwärts in den Fluß geworfen haben. Irgendwie hatte er es trotz seines Zustandes geschafft, noch bis zum Motel zu kommen.

Überdies interessierte mich, warum er das getan hatte. Es war natürlich möglich, daß er mir eine Nachricht von größter Bedeutung bringen wollte. Ebenso war es denkbar, daß er nur jemand suchte, der tröstend seine Hand hielt.

Ich schauderte ein wenig, dann fuhr ich weiter, bog in den Hof des Motels ein und parkte an der gleichen Stelle wie zuvor. Ich betrat mein Zimmer und goß mir aus der Plastikflasche, die ich im Koffer immer bei mir trage, einen Drink ein. Ich kippte den Whisky hinunter, stieg aus den Kleidern und ging ins Bad. Doch bevor ich die Dusche andrehen konnte, klingelte es an der Tür. Seufzend holte ich den Bademantel aus dem Schrank, schob den Revolver in die Tasche und band den Gürtel zu. Darauf ging ich zur Tür und riß sie auf. Vielleicht waren sie Pauls Spur gefolgt – dann war ich jetzt an der Reihe. Ich war es leid, dauernd auf der Hut sein zu müssen. Für diese Nacht hatte ich genug Vorsicht geübt. Einen von ihnen würde ich auf jeden Fall erwischen, bevor sie mich fertigmachten.

Die vor seinen Augen auffliegende Tür versetzte dem Afghanen einen derartigen Schock, daß er völlig die Nerven verlor und die kleine Fredericks beinahe umgerissen hätte.

»Brav, Scheich«, sagte sie ungeduldig und wandte sich an mich. »Einen Augenblick, ich binde ihn nur an.«

Ich mußte mich erst an den Gedanken gewöhnen, daß ich nicht um mein Leben zu kämpfen hatte – wenigstens jetzt noch nicht.

»Dazu brauchen Sie aber einen Ankermast wie für einen Zeppelin«, sagte ich mißmutig.

»Hören Sie mal zu, Mister, solche Witzchen kann ich mir erlauben, aber Sie kritisieren gefälligst nicht dauernd anderer Leute Hunde. Sie bringen es ja nicht mal fertig, eine Frau zu halten.« Sie richtete sich auf und sah mich an. »Wollen Sie mich denn nicht hereinbitten?«

»Muß ich das?«

Sie schnitt eine Grimasse und trat ein. Ich schloß die Tür hinter uns. Sie trug nicht mehr das grüne Strandkostüm oder was es auch war, sondern ein einfaches weißes Kleid, das seine zehn oder hundert Dollar kosten mochte – wahrscheinlich hundert –, dazu weiße Wildlederpumps mit hohen Bleistiftabsätzen. Ihr Haar lag glatt und schimmernd um ihren Kopf, und jede Klammer verrichtete getreulich ihre Pflicht. Sogar kurze weiße Handschuhe hatte sie an – für Reno ungewöhnlich formell.
Ich bringe es fertig, die Vorzüge eines Mädchens in Hosen Stück für Stück aufzuzählen, ohne mich dabei irgendwie aufzuregen; erst wenn ich es in einem Kleid gesehen habe, kann ich den Gesamteindruck erfassen und persönliche Gefühle entwickeln. Für diesen Zweck war das Kleid vorzüglich geeignet: glatt, schmal, ärmellos, mit viereckigem Ausschnitt. Nichts lenkte von ihr ab, weder Stil noch Farbe noch Schmuck. Man konnte sich ganz auf das Mädchen konzentrieren, und jeder Mann hätte das auch getan.
Ich sagte: »Okay, ich finde Sie sehr hübsch. Darf ich jetzt duschen?«
»Sie sind ein Lügner«, erklärte sie. »Ich bin nicht hübsch und werde es nie sein. Ich bin nur verdammt sexy.«
»Und verdammt betrunken sind Sie auch.«
Sie schüttelte den Kopf, zog die Handschuhe aus und machte es sich bequem. Dann sagte sie: »Nein, ich bin nicht betrunken. Ich habe mir nur ein Glas genehmigt, als ich nach Hause kam – Sie übrigens auch, wie ich sehe –, und dann mußte ich an den verdammten Hamburger denken, und dabei wurde mir übel. Und dann habe ich mir vorgestellt, wie es wäre, wenn ich jetzt allein essen ginge, und auch dabei ist mir übel geworden. Hier bin ich also. Machen Sie sich fein, Sie müssen mich zum Essen ausführen.«
Ich betrachtete sie eingehend. Wenn sie Theater spielte, war es eine sehr, sehr gute Vorstellung.
»Haben Sie nicht ein Wort vergessen?« fragte ich.
Sie runzelte die Stirn. »Was meinen Sie?«
»Es beginnt mit einem B.«
Sie sah mich an. In ihren seltsamen grünen Augen veränderte sich etwas. Dann wiederholte sie atemlos: »Bitte! Ich werde in dem verdammten großen Haus verrückt, wenn ich nur mit dem Hund reden kann. Ich will gern selber bezahlen ...«

»Aus!« unterbrach ich sie. »Setzen Sie sich und rauchen Sie eine Zigarette, wenn Sie eine finden. Ich bin in einer Minute fertig.«
Ich nahm eine Hose und ein Jackett aus dem Schrank, ein frisches Hemd aus dem Koffer, suchte die nötigen Utensilien zusammen und verschwand im Bad.
»Bedienen Sie sich, wenn Sie etwas trinken wollen«, rief ich und hängte den Bademantel an den Haken. »Eis müssen Sie sich aus dem Automaten draußen holen.«
Ihre Stimme erklang unmittelbar hinter mir: »Meine Güte, was ist denn mit Ihnen passiert?« Sie stand in der Tür, die eine Hand auf der Klinke.
»Was soll denn sein?« fragte ich.
Sie deutete auf die verschiedenen Narben, die auf dem unbekleideten Teil meiner Anatomie zu erkennen waren.
»Ach die. Im Krieg bin ich mal mit einem Jeep in die Luft geflogen. Danach mußte man mir ein paar Stücke altes Eisen aus dem Fell schneiden.«
»Altes Eisen? Sie meinen wohl Blei. Ich erkenne doch eine Schußwunde! Bei Herzog Logan kann man auch ein paar sehen, wenn er das Hemd auszieht.«
»Wie schön für den alten Herzog.«
»Wer sind Sie, Helm?« flüsterte sie. »Was wollen Sie hier?«
Ich ging auf sie zu, streckte die Hand aus und schob sie zurück. »Zunächst möchte ich, daß Sie schleunigst verschwinden, damit ich mich fertig anziehen kann«, sagte ich, und im gleichen Augenblick erkannte ich meinen Fehler.
Ich hatte einen harten Tag hinter mir. Nach der Episode mit Beth oben in den Bergen war ich vermutlich in einer anfälligen Stimmung. Die verschiedensten Gefühle und Spannungen hatten sich aufgestaut und brauchten ein Ventil. Ich hätte mich der Kleinen nicht nähern dürfen. Vor allen Dingen hätte ich sie nicht berühren sollen.
Schlagartig war alles anders. Wir wußten es beide. Sie verharrte regungslos in der Tür und blickte zu mir auf.
»Sind Sie ganz sicher, daß Sie das wollen?« murmelte sie, und ihre grünen Augen lachten mich an; ich stand in meinen Shorts vor ihr, und zweifellos war mir das Verlangen anzumerken.
»Na Schatz, wenn du nicht aufpaßt, wird gleich dein hübsches Kleidchen verknittert.«
»Das Kleid ist knitterfrei«, entgegnete sie ruhig. »Deshalb habe

ich es ja angezogen. Aber wenn es dich stört, dann zieh es doch aus.«
Lächelnd drehte sie sich um und wartete darauf, ob ich es wohl wagte, den Reißverschluß aufzuziehen. Es war ein Kinderspiel. Der Teufel sollte mich holen, wenn ich es mitmachte! Ich hob sie hoch, trug sie zum Bett und warf sie so hart darauf, daß sie von den Federn hochgeschnellt wurde. Das schimmernde Haar fiel ihr ins Gesicht, sie funkelte mich entrüstet an.
»Sag's gleich, wenn du nur spielen wolltest. Für solche Scherze bin ich nämlich zu alt.«
Wie ein Kind fuhr sie sich mit der Zunge über die Lippen. Dann lächelte sie. »Dazu ist man nie zu alt«, murmelte sie.
Womit sie natürlich recht hatte.

9

Der große Speisesaal lag im obersten Stockwerk eines Hotels. Das merkte man allerdings nur daran, daß man mit dem Lift hinauffahren mußte. Wir saßen an einem winzigen Tisch, eingezwängt zwischen unzählige ebenso winzige Tische.
Ich betrachtete das Mädchen mir gegenüber. Wer sie so sah, hätte sich nicht träumen lassen, daß sie noch vor weniger als einer halben Stunde in einem schamlos hochgerutschten Kleid auf einem zerwühlten Bett gelegen hatte, das schimmernde Haar unordentlich über die Kissen gebreitet. Jetzt sah sie kühl und frisch und untadelig aus – sogar irgendwie unschuldig, als ob nie ein sündiger Gedanke in ihr aufkommen könnte. Nur in ihren Augen hatte sich eine Kleinigkeit verändert, aber vielleicht bildete ich mir das auch nur ein.
Plötzlich legte sie die weiß behandschuhte Hand auf meinen Arm. »Eine Bitte«, sagte sie. »Versprich mir, daß du nie etwas über Lolita sagst.«
»Ich wollte doch nicht...«
»Für den Kerl in New York habe ich die ganze Zeit seine Lolita gespielt. Ich fand das schick, bis ich das Buch las. Eine bittere Pille! Jedenfalls bin ich kein unerfahrener Teenager. Nur weil er ein paar Jahre älter war... oder weil du ein paar Jahre älter bist... bilde dir bloß nicht ein... Wenn du ein Wort über Lolitas sagst, stehe ich auf und gehe.«

»Dann solltest du mir lieber deinen Namen verraten.«
Sie war etwas verblüfft. »Du kennst ihn nicht?«
»Ich weiß nur, daß du Fredericks heißt, keinen Vornamen.«
»Moira. Ist das nicht kitschig?«
»Nicht besonders. Ich heiße Matt.«
»Ich weiß«, sagte sie. Sie schaute sich um, als sähe sie ihre Umgebung zum ersten Mal. »Gefällt's dir hier nicht?« fragte sie. »Wir könnten auch woanders hingehen.«
Sie hatte das Restaurant vorgeschlagen. »Möglich, daß ich nur verwöhnt bin. In Europa bekommt man weniger Lärm und mehr Atmosphäre vorgesetzt.«
»Es ist ziemlich voll«, gab sie zu. »Aber das Essen soll sehr gut sein.« Ihre grünen Augen waren für eine Sekunde auf mich gerichtet. »Was hast du in Europa gemacht, Matt?«
»Geschäfte.«
»Was für Geschäfte?«
Ich antwortete nicht gleich. Ich hatte keine rechte Lust, sie anzulügen.
Ihre Hand lag immer noch auf meinem Arm. »Du arbeitest doch für die Regierung, wie?« murmelte sie und ließ keinen Blick von mir.
»Sehe ich denn wie einer von Mr. Hoovers sauberen, aufrechten, ordentlichen jungen Männern aus? Diese Leute werden nach Charakter und Integrität ausgewählt. Wenn ich einer von ihnen wäre, hättest du mich nie und nimmer verführen können. Ich wäre wie ein Fels gewesen, sag ich dir: fest und unerschütterlich wie Granit.«
Sie lächelte mich an. »Na schön, Matt, ich will versuchen, keine Fragen mehr zu stellen. Übrigens dachte ich nicht gerade ans FBI, sondern ...« Sie zögerte, sah in ihr Glas und hob plötzlich den Kopf. »Ich ... ich dachte eher an eine gewisse Abteilung des Finanzministeriums.«
»Ich hab noch nie im Leben was mit Steuerfahndung zu tun gehabt«, sagte ich.
Sie runzelte ein wenig die Stirn und zog ihre Hand zurück. »Hör mal, mein Lieber, du gibst dir aber wirklich Mühe, mir auszuweichen.«
»Du bist ja auch ganz schön hartnäckig. Warum kann ich für dich nicht einfach Mrs. Logans abgelegter Ehemann sein?«
»Mit diesen Narben? Und dann der Gesichtsausdruck, wie du

den Namen Fredericks gehört hast...« Sie schlug die Augen nieder. »Du darfst es mir nicht übelnehmen, wenn ich das wissen will. Schließlich...«
»Was?« fragte ich, als sie zögerte.
»Schließlich bin ich nicht nur zu dir ins Motel gekommen, weil ich mich einsam fühlte. Es war auch ein gutes Stück Neugier dabei.«
Ihr Gesicht lief rosarot an. Ich grinste. »Du wolltest Mata Hari spielen, stimmt's?«
Leicht gekränkt sagte sie: »In der Rolle bin ich gar nicht so übel, mein Freund. Schön, du bist ihr Ex-Ehemann, daran besteht wohl kein Zweifel, aber du bist auch noch etwas anderes. Etwas...« Wieder zögerte sie.
»Was denn?«
»Etwas Besonderes – dein Job hat was Grausiges an sich.« Sie lächelte nicht mehr. »Weißt du, ich habe eine Menge von der Sorte kennengelernt. Offenbar bin ich mein ganzes Leben lang immer wieder über die verschiedensten Schnüffler gestolpert, die Dad was anhängen wollten. Die Hälfte von ihnen hielten die Hand auf, um sich kaufen zu lassen – neunzig Prozent kommt der Wahrheit wohl näher. Und die übrigen waren so tierisch ernst, daß einem speiübel werden konnte. Richtige Musterknaben mit hohen Menschheitsidealen. Beide Arten rieche ich tausend Meter gegen den Wind. Aber aus dir werde ich nicht schlau, mein Junge. Du bist weder auf Geld aus noch sonderlich moralisch. Deswegen möchte ich gern wissen, hinter was du her bist.«
Ich zögerte und fragte dann: »Wie sehr hängst du eigentlich an deinem alten Herrn, Moira?«
»Ich hasse ihn«, entgegnete sie sofort. »Er hat meine Mutter in ein... in ein sogenanntes Heim gesteckt. Ein feines Heim! Wahrscheinlich hätte man sie kurieren können – viele Alkoholiker werden geheilt, aber das war ihm zu mühsam. Vermutlich wollte er sie nicht um sich haben und zusehen, wie sie bei seinen Partys Tomatensaft trinkt und alle Leute daran erinnert, daß Sal Fredericks' Frau mal ein hilfloses Wrack gewesen ist. Außerdem war sie nicht mehr hübsch genug, und er schätzt dekorative Frauen. Also mußte er sie an einen Ort abschieben, wo sie sich in aller Ruhe zu Tode saufen kann, ohne jemand zu belästigen. Sie hat es noch nicht ganz geschafft, aber sie ist nahe daran...« Sie sah mich eindringlich an. »Das ist die Antwort auf deine Frage.

Doch wenn ich dich richtig verstanden habe... bilde dir bloß nichts ein, Matt. Man kann sich weder seine Väter noch seine Töchter aussuchen, aber es gibt gewisse Dinge, an denen läßt sich einfach nichts ändern. Er ist nun mal mein Vater, und da...«
»Schon gut, Mädchen«, unterbrach ich sie. »Ich weiß schon, was du sagen willst. Egal was kommt, ich werde dich nie um deine Hilfe bitten. Eigentlich interessiere ich mich auch gar nicht für deinen alten Herrn. Großes Ehrenwort.«
Sie überhörte es. »Ich will folgendes damit sagen: Vielleicht bist du ein prima Kerl, und vielleicht rettest du die Vereinigten Staaten, aber ich werde für niemand den Lockvogel oder den Spitzel spielen. Nie!«
»Das ist klar und eindeutig. Trink deinen Martini aus. So was kriegst du so bald nicht wieder, hoffe ich.«
Nach kurzem Zögern sprach sie weiter: »Ich bin vor zwei Wochen aus Mexiko zurückgekommen. An der Grenze wurde ich angehalten. Gewöhnlich kümmern sie sich nicht viel um die Reisenden aus Juarez. Man sagt einfach, man hätte nichts eingekauft außer billigem Schnaps, und dann schicken sie dich in die Kabine, damit du diese verdammte Piratensteuer an den Bundesstaat Texas bezahlst, das ist alles. Aber diesmal haben sie praktisch den ganzen Wagen auseinandergenommen. Ich dachte schon, sie würden eine Beamtin holen, und ich müßte mich ausziehen, aber sie suchten offenbar einen größeren Gegenstand. Als Dad das erfuhr, sind ihm beinahe die Sicherungen durchgebrannt.«
»Na und?«
Sie blickte mich fest an und sagte: »Der Teufel soll dich holen. Es geht doch um Rauschgift, wie?«
Diesen Augenblick suchte sich der Kellner aus, um mir seinen Ellbogen ins Gesicht zu rammen und ihr bei dieser Gelegenheit einen Teller vor die Nase zu setzen. Dann stieß er ihr den Ellbogen ins Gesicht und gab mir zu essen. Danach verschwand er und war sichtlich stolz darauf, daß er uns in der richtigen Reihenfolge bedient hatte.
»Stimmt's etwa nicht?« fragte sie. »Er hat doch schon alles durchprobiert. Früher oder später mußte er bei Rauschgift landen. Vielleicht vermuten sie, daß er eine Lieferung erwartet und daß ich sie für ihn über die Grenze schmuggle?« Sie wartete. Ich schwieg. »Na?«
»Vermutungen mußt du schon allein anstellen«, sagte ich. »Dabei

kannst du keine Hilfe von mir erwarten.«
Sie seufzte. »Nein, natürlich nicht. Aber ich glaube, daß ich recht habe. Das wäre auch die Erklärung dafür, warum Herzog Logan ihn verlassen hat. Der Herzog hat immer gesagt, daß er jedem Waffen beschafft, der dafür bezahlen kann – das hat er auch getan –, aber wenn's um den Handel mit Rauschgift oder Frauen geht, dann ist bei ihm Schluß.«
»Wie schön für den alten Herzog.«
»Sei nicht so zynisch.«
»Die Kerle, die immer irgendwelche Grenzen ziehen, machen keinen Eindruck auf mich«, sagte ich. »Jeder hat etwas, das er um keinen Preis tun würde, und dabei kommt er sich wunder wie großartig vor.«
Sie betrachtete mich prüfend. »Und du?« fragte sie leise. »Und was würdest du nie tun, Matt?«
»Nichts. Ich ziehe keine Grenzen, Kleines.«
»Wir haben über Rauschgift gesprochen.«
»*Du* hast über Rauschgift gesprochen.«
»Das ist doch ein lausiges Geschäft, wie?«
Ich hob die Schultern. »Ich war noch nie versessen darauf, die Menschen vor sich selbst zu retten, aber manche Leute sind es offenbar.«
»Du bist ein komischer Kauz. Jetzt solltest du mir eigentlich einen Vortrag über dieses finstere Gewerbe halten und mir zeigen, wo meine Pflicht liegt.«
»Ich kann mich beherrschen. Meine eigene Pflicht macht mir schon genug Kopfzerbrechen.«
»Wenn ich nur wüßte, was du ...« Nach einer Weile fuhr sie fort: »Da ist noch etwas. Wahrscheinlich sollte ich es dir gar nicht sagen, aber ich tue es trotzdem.«
»Überleg es dir erst.«
Sie lachte ein wenig zu grell. »Keine Übertreibungen! Die bewährte alte englische Taktik, wie? Man spielt den Desinteressierten und läßt den anderen reden. Und der redet sich die Seele aus dem Leib – vor allem, wenn man mit ihm geschlafen hat.«
»Das lassen wir lieber beiseite. Klar, daß du daran denken mußt, aber behalte das bitte für dich, ja! Man kann nämlich alles zerreden.«
Ihre Augen wurden ein wenig größer. »Ich weiß«, murmelte sie nach einer Pause. »Ich weiß. Tut mir leid. Du bist wirklich ein

netter Kerl.«
»Verlaß dich nicht darauf.«
»Hol's der Teufel! Auf irgendwas muß man sich doch verlassen können. Was wäre das sonst für ein Leben! Es gibt einen Mann, der mir unheimlich ist, Matt. Er arbeitet für Dad, und ich fürchte mich vor ihm. Er sieht aus wie ... Na ja, ein bißchen wie du. Er ist etwa fünfzehn Zentimeter kleiner und hat dunkles Haar, und ich möchte nie mit ihm allein in einem Zimmer sein. Aber er hat die gleichen ...«
»Die gleichen – was?«
Sie runzelte die Stirn. »Ich weiß nicht. Wenn ich's mir jetzt überlege, dann gibt es eigentlich gar keine Ähnlichkeit. Es ist nur so ein Gefühl. Aber irgendwie erinnert er mich an dich. Und an Herzog Logan. Ich wette, daß er auch die Schußnarben hat. Nimm dich vor ihm in acht.«
Sie legte ihre Hand leicht auf meine. »Siehst du, jetzt habe ich doch den Spitzel für dich gespielt, aber nur ein bißchen.«

10

Nach dem Essen machten wir die Runde durch die Spielsäle. Es freute mein schlichtes Gemüt, daß sie auf Roulett versessen war. Was sie mit ihrem Geld anfing, war mir gleichgültig. Aber sie trank auch ziemlich viel. Ich war schon versucht, sie ein wenig zu bremsen; aber wahrscheinlich wartete sie nur darauf, daß ich den strengen Papa spielte, um mir wieder klarzumachen, daß sie kein unerfahrener Teenager sei. Also hielt ich den Mund und sorgte dafür, daß mein Drink immer doppelt so lange reichte wie ihrer, damit wenigstens einer von uns nachher den Heimweg finden konnte.
Gegen Morgen sagte sie plötzlich zu mir: »Da drüben bei der Säule, der Mann im dunklen Anzug. Ich dachte mir schon, daß wir ihn treffen, wenn wir lange genug bleiben.«
Ich wartete ein paar Sekunden. Dann griff ich nach ihrer weißen Handtasche, nahm eine Zigarette und ein silbernes Feuerzeug mit den Initialen MF heraus, zündete eine Zigarette an und schob sie ihr zwischen die Lippen.
»Danke, Liebling«, sagte sie. »Siehst du ihn?«
Ich hatte ihn gesehen, und zwar in dem Spiegel, der an der Klappe

ihrer Handtasche befestigt war.
»Das ist er.«
Ich wußte auch so, daß ich Martell vor mir hatte. Wie üblich entsprach die Wirklichkeit weder dem Foto noch der Beschreibung. Er hatte dichtes, schwarzes, glänzendes Haar, das straff von der breiten Stirn zurückgekämmt war, dazu einen breiten Mund mit dicken, sinnlichen Lippen – ich erinnerte mich an seine Schwäche für Frauen, die ihm zweimal offizielle Verweise eingebracht hatte.
Er war einer der wenigen Männer im Raum, die einen dunklen Anzug trugen. Die dunklen Gläser störten mich nicht – ich hätte ihn selbst mit einer Maske erkannt. Allmählich kriegt man eben einen Riecher für Kollegen...
Er hatte einen Revolver im Schulterhalfter, doch das gehörte wahrscheinlich zu seiner Rolle als Fredericks' Leibwache. Nach seinen Akten war er damit sehr schnell bei der Hand. Aber das spielte keine weitere Rolle. Wenn er die Waffe gegen mich gebrauchen mußte, würde er entweder reichlich Zeit haben, sie herauszuziehen, oder überhaupt keine.
»Recht attraktiver Bursche«, sagte ich und schloß die Handtasche. Es kostete mich einige Mühe, mich nicht zu ihm umzudrehen; es wäre mir lieber gewesen, wenn ich meine .38er nicht im Motel gelassen hätte. Gegen einen Revolverhelden gibt es nur ein praktikables Mittel: einen zweiten Revolver.
»Wie lange arbeitet er schon für deinen Dad?« fragte ich.
»Keine Ahnung, ich glaube, noch nicht sehr lange. Auf jeden Fall war er da, als ich zurückkam von... Matt, horch mich nicht aus. Ich habe ihn dir nur gezeigt, weil... weil er etwas an sich hat, das mir entsetzliche Angst macht.«
»Ich weiß«, sagte ich. »Er erinnert dich an mich. Da muß man ja Angst bekommen.«
Sie blickte vom Tisch hoch und verzog das Gesicht. »Bitte, Matt, sei so nett und besorg mir was zu trinken.«
Ich zögerte. Ihre Stimme klang noch sicher, aber sie hatte eigentlich schon genug, auch ihren Augen merkte man es an. Und ich hatte keine Ahnung, welche Wirkung ein weiterer Drink auf sie haben würde – und ich wollte es auch nicht herausfinden. Für einen Menschen, den man einmal zusammenfegen muß, empfindet man hinterher nicht mehr dasselbe wie vorher.
Doch schießlich war sie weder meine Tochter noch meine Frau;

selbst als meine Freundin konnte ich sie kaum bezeichnen. Ich ging also und holte ihr einen Drink. Dabei stellte ich fest, daß Martell verschwunden war. Ich fragte mich, ob er mich wohl erkannt hatte. Das war unwahrscheinlich, es sei denn, er hätte meinetwegen eine besondere Information bekommen. Die andere Seite besaß noch kein sehr dickes Dossier über mich. Ich war ja erst seit einem Jahr wieder im Beruf, und er hatte sein Zentral-Archiv seit langem nicht mehr gesehen. Natürlich hatte er mich fixiert, aber in seiner Rolle als Fenn gehörte es sicher mit zu seinem Job, die Kerle im Auge zu behalten, die sich um die Tochter seines Chefs bemühten.
Als ich zurückkam, hatte Moira den Roulettisch verlassen und wartete neben einer Topfpalme auf mich.
»Danke«, sagte sie, hob das Glas an die Lippen und kostete. Dann lächelte sie mich über den Rand hinweg an, drehte sich um und goß den Alhohol mit einer lässigen Bewegung in den Blumentopf. »Okay, mein Schatz«, sagte sie. »Das wär's. Jetzt brauchst du dir keine Sorgen mehr zu machen.«
»Und was wäre damit bewiesen?«
»Das es nicht erblich ist«, antwortete sie. »Aber hin und wieder muß ich mich davon überzeugen, daß die Lehrbücher recht haben. Zum Beispiel, wenn ich mir Gewißheit darüber verschafft habe, daß mein lieber, alter Dad ein Rauschgifthändler ist.«
»Ich habe nie behauptet...«
Sie beachtete mich gar nicht. »Oder beleidige ich ihn mit dieser Bezeichnung? Vermutlich kümmert er sich nur um die administrative Seite, und seine weißen, manikürten Hände kommen nie mit dem häßlichen Zeug in Berührung. Das ist natürlich was ganz anderes. Das macht es geradezu grandios!« Sie schwankte ein wenig, riß sich zusammen und sagte in völlig verändertem Ton: »Du liebe Zeit, im Stehen spüre ich die Drinks doch. Wie sehe ich denn aus? Furchtbar?«
»Nein, aber ein Kamm könnte nicht schaden.«
Sie faßte sich an die Haare. »Die verdammte Frisur fällt mir dauernd über die Augen. Ich bin gleich zurück. Halte dich bereit, die Leiche fortzuschaffen und mit einem starken Kaffee wieder zum Leben zu erwecken.« Sie nahm mein Handgelenk und drehte es so, daß sie die Uhr sehen konnte. »Mein Gott, es ist fast Zeit fürs Frühstück. Etwas Essen? Puh, schrecklicher Gedanke.«
Als sie nach der Schönheitsreparatur zurückkehrte – sie hatte ihre

Frisur nun schon zum zweitenmal an diesem Abend in Ordnung gebracht –, fuhren wir im Lift nach unten, überquerten schweigend den Parkplatz des Hotels und stiegen ein.
Wir hatten meinen Kombi genommen, obwohl der nicht so feudal aussah wie ihr offener Mercedes, aber Scheich war darin besser aufgehoben. Der Umstand, daß ich es vielleicht nicht so gern hätte, wenn ein großes haariges Vieh es sich inmitten meiner Campingausrüstung bequem machte, schien ihr gar nicht in den Sinn zu kommen.
»Wo möchtest du Kaffee trinken?« fragte ich.
Sie zögerte. »Hast du in der Kiste hinten nicht Kaffee und einen Benzinkocher?«
»Und Wasser«, sagte ich. »Aber für ein Picknick bist du kaum richtig angezogen.«
Sie lehnte sich schläfrig an mich. »Du machst dir verdammt viel Sorgen um mein Kleid«, murmelte sie und lächelte bei der Erinnerung. »Bieg nach rechts ab und fahr geradeaus weiter, bis ich dir sage, wo du wieder abbiegen mußt...«
Der Übergang vom fröhlichen Nachtleben Renos zu der nahen, dunklen, schweigenden Wüste war wie ein Schock. Gleich darauf rollten wir durch eine ausgedörrte Landschaft und kamen uns vor wie auf dem Mond oder dem Mars; im Osten kündigte sich die erste Morgendämmerung an. Ich richtete mich nach ihren Anweisungen und bog in eine kleine Nebenstraße ein, die in das kahle Hügelgelände führte. Als wir ringsum kein Zeichen von Zivilisation mehr entdeckten, hielt ich an, zog die Handbremse und schaltete den Motor aus. Mir war eigentlich gar nicht nach Liebe zumute, aber die Gesetze der Höflichkeit verlangten von mir wenigstens die Andeutung eines Kusses. Also streckte ich die Arme nach ihr aus. Sie schüttelte den Kopf und schob mich weg.
»Es ist doch Fenn, wie?« fragte sie.
Ich konnte kaum die weißen Umrisse ihres Gesichtes und die funkelnden Punkte ihrer Augen erkennen, die mich scharf beobachteten. »Was ist mit Fenn?«
»Der Mann, den ich dir gezeigt habe. Jack Fenn. Du bist doch hinter ihm her, wie?«
»Versuch nicht zu schlau zu sein, Moira.«
»Aber du hast doch gesagt, du bist eigentlich nicht an Dad interessiert, und ich glaube es dir. Also muß es Fenn sein. Ich habe ihn dir gezeigt. Man hat es dir kaum angemerkt, mein

Schatz. Nur ein bißchen.« Sie fuhr sich mit der Zunge über die Lippen. »Du warst kein sehr ... angenehmer Anblick. Wie ein Habicht oder so ähnlich ...«
Dann lag sie plötzlich in meinen Armen, preßte sich eng an mich und vergrub das Gesicht an meiner Schulter. Ihre Stimme klang gedämpft. »Warum können wir nicht einfach zwei ganz gewöhnliche Leute sein mit ganz gewöhnlichen Jobs und gewöhnlichen Eltern? Warum müssen wir ausgerechnet ...? Warum? Ein dummes, nutzloses Wort, wie? Du bist wirklich nicht hinter Dad her, nicht wahr? Aber sollte er dir im Weg stehen ...«
Man mußte es der Kleinen lassen, sie hatte ein Geschick, immer über die Wahrheit zu stolpern. So mancher Profi hätte wahrscheinlich eine Woche gebraucht, mir die Informationen aus der Nase zu ziehen, die sie an einem Abend bekommen hatte. Merkwürdig war nur, je mehr sie erfuhr, desto sicherer wurde ich, daß sie sich nicht verstellte. Aus ihren bohrenden Fragen spürte ich Naivität und Offenheit heraus und gelangte immer mehr zu der Auffassung, daß mein anfängliches Mißtrauen ungerechtfertigt gewesen war.
Plötzlich setzte sie sich aufrecht und blickte durch die Scheibe nach vorn.
»Was ist denn los?«
»Ein Kaninchen, da!«
Ich sah ein langbeiniges Wildkaninchen durch das spärliche Gebüsch davonflitzen. Ringsum wurde es hell, wenn auch die Sonne noch nicht zu sehen war. Moira tastete nach dem Türgriff.
»Was ist denn?« fragte ich.
»Ich hab doch versprochen, dir heute morgen etwas zu zeigen, erinnerst du dich? Hast du ein Fernglas mit? Hol es schnell, ich laß den Hund raus.«
Ich suchte hinter dem Sitz nach meinem alten Feldstecher. Als ich um den Wagen herumkam, hatte sie Scheich auf Kosten einiger Pfotenabdrücke auf ihrem hübschen, weißen Kleid herausexpediert. Sie klopfte sich ab, und er reckte sich faul.
»Komm«, sagte sie. »Mal sehen, ob er die Fährte aufnimmt.«
Wir boten sicher einen seltsamen Anblick, als wir in die Wüste hinausmarschierten: sie in ihren hochhackigen Schuhen mit dem exzentrischen Hund an der Leine, ich rasch hinterher in meinen Sportschuhen, das Fernglas in der Hand. Ich weiß nicht, ob wir dasselbe Kaninchen oder ein anderes aufstöberten, aber plötzlich

klopfte etwas auf den Boden, und dann schlug es direkt vor uns einen Haken. Sofort machte Moira den Hund los, drückte ihn an sich und ließ ihn dann laufen.
»Faß es, Scheich! Los, mein großer Hund, faß es!«
Der Afghane kümmerte sich weder um die Anfeuerung noch schien er sich sonderlich für das davonpreschende Kaninchen zu interessieren. Er stand nur da, sah sich lässig um und hob die Schnauze in den Wind. Dann machte er sich mit seinen schönen gleitenden Bewegungen auf den Weg. Als mir klar wurde, daß er eine Fährte aufgenommen hatte und sie verfolgte, war er schon außer Sicht.
»Dort hinauf auf den Hügel«, rief Moira. »Von oben können wir alles überblicken.«
Wir schnauften hinterher. Die Wüste von Nevada ist eine ziemlich stachelige Angelegenheit; ich spürte die kleinen scharfen Spitzen durch das Schuhleder hindurch. An ihre dünnen Pumps durfte ich gar nicht erst denken. Keuchend erreichten wir die Anhöhe und schauten uns um. Weit und breit kein Tier.
»Gib mir mal das Glas«, sagte sie und nahm es mir ab. »Dort ist er«, rief sie und reichte mir den Feldstecher zurück. »Ganz draußen – bei dem Taleinschnitt.«
Jetzt sah ich den Hund auch. Ich hatte ihn nur noch nicht so weit draußen erwartet. Zuerst konnte ich ihn mit bloßem Auge ausmachen. Er schien nicht besonders rasch zu laufen, nur so dahinzutraben. Dann richtete ich den Feldstecher auf ihn und zog scharf die Luft ein. Dieses Tier lief schneller, als jemals ein Hirsch es sich träumen ließ, und schien sich dabei überhaupt nicht anzustrengen.
»Er hat noch kein richtiges Tempo drauf«, sagte Moira neben mir. »Diese Hunde können neunzig bis hundert Stundenkilometer schaffen. Warte nur, bis er den Nachbrenner einschaltet. ... Da! Jetzt setzt er los. Schau dir das an!«
Ich hatte sie beinahe vergessen. Dann erinnerte ich mich an meine gute Erziehung und wollte ihr das Fernglas reichen. Sie winkte ab.
»Nein, behalte es nur. Ich habe das ja schon gesehen. Ich setze mich drüben hin und ziehe mir die Stacheln aus den Füßen. Sag mir Bescheid, wenn er das Kaninchen schnappt.«
Ich hatte jetzt auch das Kaninchen im Blickfeld. Es rannte um sein Leben, spannte alle Muskeln an, und hinter ihm sauste der

schlanke, graue Hund wie ein gestreckter Pfeil dahin. Das lange Fell bewegte sich im Fahrtwind, den schlanken Kopf hatte er vorgestreckt, die langen Windhundohren flatterten. Von Anstrengung war bei ihm immer noch nichts zu merken; der bleiche Tod flog über den Boden dahin ... Einen Augenblick später hatte er das Kaninchen, schnappte zu und schüttelte kurz den Kopf. Ich stieß die aufgestaute Luft aus und wandte mich ab.
Moira blickte mir entgegen. »Hat er's?«
»Ja. Du meine Güte!«
Sie lächelte. »Ich hab doch gesagt, ich wollte dir etwas zeigen.« Ihr Lächeln verblaßte. »Eigentlich ist das schrecklich, aber dafür wurde er doch gezüchtet, oder? Man kann doch nicht... Man kann es ihm doch nicht verwehren, oder? Das ist schließlich das einzige, was er richtig kann.« Sie zog ihre Schuhe wieder an und ließ sich von mir auf die Füße helfen. »Gehen wir zum Wagen zurück. Er wird noch eine Weile draußen bleiben. Inzwischen kannst du den Kaffee aufgießen.«
Sie wollte nichts essen. Ich holte die Matratze aus meinem Kombi, damit sie es bequemer hatte, während ich mich mit dem Benzinkocher abplagte. Dann tranken wir Kaffee und sahen zu, wie die Sonne über der Wüste aufging.
Plötzlich sagte Moira: »Du liebst sie doch immer noch, nicht wahr?« Ich sah sie rasch an. Sie fuhr fort: »Schau mich nicht so dumm an, Kleiner. Ich weiß genau, was ich rede. Ich habe dich auf der Ranch beobachtet, wie du sie angesehen hast, diese kalte Eisprinzessin.«
»Sie ist gar nicht...« Ich stockte.
»Nicht kalt?« Moira lachte verächtlich. »Mach mir doch nichts vor. Ich kenne diese hübschen, eleganten Damen, die sich so kostbar machen und keinen an sich ranlassen.«
Ich hatte keine Lust, Beths Sexualverhalten mit ihr zu diskutieren, und entgegnete nur: »Sie ist wirklich sehr nett und anständig, Moira.«
»Na klar«, sagte Moira. »Das Dumme ist nur, daß ich anständige Leute hasse.«
»Besonders wenn sie dich am Kragen gepackt und hinausgeworfen haben«, bemerkte ich boshaft.
Sie wollte wütend protestieren, aber dann lachte sie mich an. »Na schön, vielleicht bin ich ein bißchen voreingenommen.« Seufzend lehnte sie sich an mich. »Hübsch ist es hier draußen. Am

liebsten möchte ich gar nicht mehr zurück. Wie viele Frauen mögen das hier schon zu ihren Männern gesagt haben?« Sie hielt inne und fuhr nach einer Weile fort: »Du brauchst nicht von Liebe zu reden. Ich möchte nur eins wissen ... du wirst doch nett zu mir sein, ja? So nett... wie es die Umstände erlauben?«
Auch darüber wollte ich nicht gern sprechen. Ich fragte brutal: »Meinst du jetzt?«
Sie starrte mich verblüfft an und wurde ein wenig rot. Und dann lachte sie. »Nun, das habe ich zwar nicht unbedingt gemeint, aber wenn du willst...«
Der Hund blieb gerade lange genug draußen. Als wir uns nachher wieder recht und schlecht präsentabel machten, kam er angetrottet. Er grinste über das ganze Gesicht, setzte sich nieder und ließ sich anleinen. Moira nahm einen nassen Lumpen und wischte die Blutflecken ab, die ihre empfindsamen Nachbarn womöglich erschreckt hätten. Dann fuhren wir nach Reno zurück.
Ich nahm sie mit zum Motel, weil sie dort ihren Mercedes stehen hatte. Wir gingen nebeneinander über den Parkplatz, und der Afghane trabte neben uns her. Der Hund war ein phantastischer Kaninchenjäger, aber als Wachhund war er ein glatter Versager. Ich glaube, er bemerkte sie nicht einmal, bis sie mich aus dem Gebüsch heraus ansprangen, und selbst dann tat er so, als ginge ihn das alles nichts an. Vielleicht hatte er damit sogar recht.

11

Wenn sie einen so von hinten anspringen, rechnen sie eigentlich nie damit, daß man auf den Angriff vorbereitet ist. Man braucht nur rasch und energisch zu handeln und genau im richtigen Augenblick zuzuschlagen, dann kann man schon beim Umdrehen den ersten erledigen. Der andere – sie kommen fast immer paarweise, weil niemand einem einzelnen einen so verantwortungsvollen Posten anvertraut – läuft meistens davon; ihn kann man entwischen lassen oder einfangen, je nach Belieben.
Ich merkte natürlich, daß sie da waren. Bisher bin ich mit meinen fünf Sinnen auch ohne Wachhund gut zurechtgekommen. Sie stellten sich so ungeschickt an, daß es sich offensichtlich um Anfänger handeln mußte. Sollte Fenn sie mir auf den Hals gesetzt haben, so hielt er mich anscheinend seiner eigenen Betreuung

nicht für würdig. Vielleicht hatte er auch nur Fredericks berichtet, daß so ein langer, schlaksiger Wüstling seiner Tochter schöne Augen machte, und Fredericks hatte selbst ein paar unerfahrene Burschen zusammengetrommelt und mir nachgeschickt.

Ich ging das Risiko ein, daß die beiden Dummköpfe hinter mir keinen Schießbefehl hatten. Ich hoffte, daß sie nur eine Einladung überbringen sollten. Wenn ich mitspielte, erfuhr ich vielleicht mehr. Ich konnte natürlich auch furchtbare Prügel beziehen – ich vergaß keinen Augenblick, was mit Paul geschehen war –, aber insgesamt riskierte ich wahrscheinlich höchstens einen Schlag über den Schädel.

Während sie sich näherten, gab es einen sehr unangenehmen Augenblick. Vermutlich waren sie sogar davon überzeugt, sich lautlos und geschickt zu bewegen. Ich ging gelassen neben Moira her. Am Wagen blieben wir stehen, ich sagte etwas – ich weiß nicht mehr, was. Ich hörte es nicht einmal. Meine Kopfhaut war so gespannt, daß die Ohren nicht mehr mitspielten. Ich wartete auf den Schlag.

Dann stieß mir einer von ihnen seinen Revolver in die Nieren, und der andere tanzte um uns herum und bedrohte mich von vorn mit einem langen Klappmesser. Das war so kindisch, daß ich hätte weinen mögen. Eines Tages machten sie das womöglich mit einem Mann, der sich nicht schnappen lassen wollte – und danach würde sie ihre eigene Großmutter nicht mehr wiedererkennen.

»Keine Bewegung, Freundchen!« sagte der Messerheld mit drohender Stimme. »Halt ihn in Schach, Tony.«

Tony hielt mich in Schach, während der andere sein chirurgisches Werkzeug zusammenklappte und wegsteckte. Dann durchsuchte er mich so sorgfältig, daß er nicht einmal das Messer aus Solingen in meiner Hosentasche bemerkte. Na ja, er war noch jung und würde es schon lernen, falls er lange genug am Leben blieb, was allerdings unwahrscheinlich und wohl kaum wünschenswert war.

»Aufpassen!« warnte ihn der Mann hinter mir. Der Messerheld fuhr gerade noch rechtzeitig herum, um die als Wurfgeschoß benützte weiße Handtasche mitten ins Gesicht zu kriegen. Er rieb sich die Nase und machte wütend einen Schritt vorwärts. Moira hatte die Fäuste erhoben und war bereit, sich

mit ihm anzulegen. Früher mußte sie ein rechter Lausejunge gewesen sein.
Der Mann hinter mir keuchte: »Sei vorsichtig, Ricky. Wenn du sie anrührst, zieht dir der Alte das Fell über die Ohren.«
Moira befahl atemlos: »Faß, Scheich! Faß sie alle beide! Geh ihnen an die Gurgel!«
Ricky Messer wich rasch einen Schritt zurück und beobachtete den Hund. Der öffnete nur gähnend den Fang und zeigte die größten weißen Zähne der Welt. Der Kerl machte noch einen Schritt zurück und griff nach dem Messer. Da war der Hund mit Gähnen fertig und blickte seine Herrin verdutzt an: Jeder Trottel konnte doch sehen, daß weit und breit kein Kaninchen war.
Ricky lachte, aber er hatte Angst gezeigt, und jetzt mußte er etwas für sein Prestige tun. Er trat vor und versetzte dem Hund tapfer einen harten Tritt. Scheich jaulte beleidigt auf, zog sich bis ans Ende der langen Leine zurück und blieb dann mit eingekniffenem Schwanz hocken. Dabei schaute er uns über die Schulter mit großen, tödlich gekränkten Kinderaugen an.
Moira stieß einen Schrei aus, kniete sich auf den staubigen Boden und umarmte ihren Liebling. »Ach, Scheich«, stöhnte sie. »Mein Kleiner, entschuldige, das hätte ich nicht tun dürfen.« Sie blickte auf: »Dafür bringe ich euch um«, keuchte sie.
Tony, der hinter mir stand und dessen Gesicht ich noch nicht gesehen hatte, sagte: »Um Himmels willen, jetzt ist aber Schluß mit dem Theater. Miss Fredericks, steigen Sie in Ihren Wagen, und fahren Sie nach Hause.« Er räusperte sich und fügte ein Wort hinzu, das ihm wahrscheinlich seit Jahren nicht über die Lippen gekommen war: »Bitte!«
Sie schaute mich an. Ich stand als hilfloser Gefangener da, von Tonys Kanone bedroht. »Was habt ihr mit ihm vor?«
Tony antwortete: »Das hat nichts mit Ihnen zu tun, Miss Fredericks. Mister Fredericks hat ausdrücklich gesagt, wir sollen ihn mitbringen. Ich richte mich nur nach meinen Anweisungen, Miss.«
»Das wird sich erst noch herausstellen.«
Ich besänftigte sie: »Schon gut, Kleines, fahr nach Hause.«
Sie drehte sich zu mir um: »Du hast mir überhaupt keine Vorschriften zu machen! Was ist denn los mit dir? Läßt du dich ganz einfach von diesen zwei lausigen...?« Sie hielt plötzlich inne und fixierte mich. Ihr mußte man nicht erst eine ausführliche

Gebrauchsanweisung geben. Eine Sekunde später stand sie auf und sagte: »Na schön, aber ich komme mit.«
Ricky Messer sagte: »Den Teufel werden Sie...«
»Spar dir das«, fiel ihm Tony ins Wort. »Wenn Miss Fredericks sagt, sie will mitkommen, dann kommt sie mit. Wie willst du sie davon abhalten, wo sie doch weiß, wo wir hinfahren? Darüber soll sich der Boss den Kopf zerbrechen.« Er wandte sich an Moira. »Wie Sie wollen, Miss Fredericks. Aber wir können Sie nicht mitnehmen. Für uns alle mitsamt dem großen Hund wird es in einem Wagen zu eng – los, weiter!« sagte er zu mir und stieß mich mit der Revolvermündung an.
Wir fuhren in einem großen Chrysler in die Stadt. Ricky saß am Steuer und Tony auf dem Rücksitz neben mir. Er nahm seine Pflicht als mein Bewacher sehr ernst. Während der Fahrt hätte ich höchstens ein halbes dutzendmal Gelegenheit gehabt, ihn zu entwaffnen. Das war für einen Gangsterlehrling in seinem Alter gegenüber einem Gefangenen meines Alters und meiner Erfahrung schon eine recht beachtliche Leistung. Er wirkte unterernährt, hatte zu langes Haar und zu grelle Kleidung. Das einzige, was man zu seinen Gunsten sagen konnte, war, daß er mehr vorstellte als Ricky, aber dazu gehörte nicht viel.
Moiras kleiner Mercedes folgte uns dichtauf. Ricky hielt auf einem Parkplatz an, und Moira parkte ihren Wagen neben uns. Als ich unter Tonys strenger Bewachung ausstieg, entdeckte ich, daß wir auf demselben Platz standen, wo ich meinen Kombi schon vor ein paar Stunden geparkt hatte. Das paßte nicht schlecht zusammen. Moira verabschiedete sich von Scheich, dann gingen wir alle zusammen ins Hotel, diesmal allerdings durch eine andere Tür.
Ein privater Lift trug uns rasch nach oben. Wie weit, das konnte ich nicht sagen. Wir betraten einen gewöhnlichen Hotelkorridor, der sich von jedem anderen nur dadurch unterschied, daß zwei Männer auf einem Ledersofa in einem kleinen Alkoven herumlungerten. Einer von ihnen erhob sich und kam auf uns zu.
»Er wartet im Büro«, sagte der Mann. »Wo bleibt ihr denn so lange?«
»Wir haben beim Motel, wo ihr Wagen stand, gewartet. Sie sind erst vor zehn Minuten zurückgekommen«, antwortete Tony.
Der Mann wies auf Moira. »Wer hat denn gesagt, daß ihr sie mitbringen sollt?«

»Sie selbst.«
»Einen Augenblick.« Der Mann entschwand und erschien gleich wieder. Er wandte sich an mich: »Hier entlang ... Sie auch, Miss Fredericks.« Als sich die beiden Jungen, die uns eingeliefert hatten, anschließen wollten, sah er sie nur erstaunt an. »Wer hat euch denn eingeladen? Ihr bleibt hier.«
Wir gingen den Korridor entlang bis zu einer Tür ohne Aufschrift. Unser Begleiter öffnete sie und ließ Moira den Vortritt. Dann schob er mich hinter ihr ins Zimmer, schloß die Tür, blieb aber draußen. Drinnen erwarteten uns zwei Männer. Den einen hatte ich schon im Hotel gesehen. Martell stand gleich links neben der Tür.
Ich konnte auf den ersten Blick erkennen, daß ich mich verkalkuliert hatte. Sicher, er hatte zugelassen, daß Fredericks mich durch zwei Halbwüchsige abholen ließ, aber er wußte sehr genau, wer ich war und was ich hier wollte. Seine Stimme klang so leise, daß nur ich ihn verstehen konnte und vielleicht noch das Mädchen neben mir. Es war eine glatte, kultivierte Stimme mit kaum merklichem Akzent: Auf keinen Fall die Stimme eines Gangsters, der sich Fenn nannte.
»Willkommen, Eric«, murmelte er. »Jeder Freund von Paul ist uns willkommen.«
Nun wußte ich, warum Paul sich so bemüht hatte, mich vor seinem Tod zu sprechen: Er wollte mir mitteilen, daß sie ihn zum Reden gezwungen hatten. Er hatte ihnen alles über mich erzählt – und Martell war genau der richtige Mann, um mit dieser Information etwas anzufangen oder Fredericks die Erledigung der Angelegenheit zu überlassen.

12

Martell trat zurück und konnte uns nun aus sicherer Entfernung im Auge behalten. Momentan konnte ich mich nicht um ihn kümmern, weil ich mich auf den anderen Mann konzentrieren mußte, der hinter dem Schreibtisch saß.
Er war ein massiger, dunkler Typ, der sich bestimmt zweimal am Tag rasieren und dazwischen die Bartstoppeln überpudern mußte. Außerdem war er häßlich. Er hatte zu wenig Gesicht für all den Speck, der sich ringsherum breitgemacht hatte, insbesondere

unterhalb des Kinns. Die Stupsnase hatte ich bereits in reizvollerer Ausführung kennengelernt, Mund und Augen jedoch waren mir fremd – die hatte sie zu ihrem Glück von ihrer Mutter geerbt.
»Hello, Dad«, sagte Moira.
Seltsamerweise war ich zunächst verlegen wie schon lange nicht mehr. Das war also der große Sal Fredericks: Ein Gangster und vielleicht Schlimmeres, aber zugleich ihr Vater; seine Tochter stand neben mir, nachdem sie die Nacht in meiner Gesellschaft verbracht hatte; ihr wunderbares rotgoldenes Haar fiel ihr wie gewöhnlich über die Ohren, die teuren Wildlederpumps waren von Steinen und Dornen ruiniert, ihr flottes Kleid war zerknittert und alles andere als sauber.
Sie sah sehr jung aus, wie ein herausgeputztes Kind am Ende einer anstrengenden Geburtstagsparty, und ich schämte mich. Mir wäre es nicht recht gewesen, wenn ein Mann meine Tochter in diesem Zustand nach Hause gebracht hätte – besonders keiner, der so viel älter war als sie. Einen Augenblick lang war ich drauf und dran, mich aufrichtig zu entschuldigen. Doch Sal Fredericks machte es mir leicht.
Er stand auf und betrachtete uns. Dann kam er um den Tisch herum, baute sich vor seiner Tochter auf, musterte sie von Kopf bis Fuß und versetzte ihr eine schallende Ohrfeige.
»Du Flittchen«, sagte er.
Nun war ich an der Reihe. Bei mir gebrauchte er die Fäuste. Sein Schlag kam langsam, aber es steckte eine Menge Dampf dahinter. Es gelang mir gerade noch, ihn ein wenig auszupendeln, sonst hätte er mir die Kinnlade gebrochen. Ich ging zu Boden. Es schien mir ratsam, so zu tun, als hätte er mich hart erwischt, und das hatte er ja auch. Aber er war noch nicht zufrieden, sondern versetzte mir einen schmerzhaften Tritt in die Seite. Dann ging er um den Tisch herum, setzte sich hin, rieb sich stolz die Knöchel.
Nachdem ich wieder Luft hatte, sah ich Martell fragend an. Er gab mir mit einer Kopfbewegung zu verstehen, daß ich mich erheben dürfte. In einer Beziehung war es ganz nett, wenigstens einen Profi dabeizuhaben. Bei Amateuren muß man dauernd aufpassen, daß sie nicht versehentlich etwas tun, was sie absichtlich nie zustande brächten. Solange Martell in der Gegend war, konnte ich mich zumindest darauf verlassen, daß ich nicht zufällig ins Jenseits befördert wurde – ein schwacher Trost. Ich glaubte in

seinen Augen ein boshaftes Funkeln zu bemerken. Es machte ihm gar nichts aus, zuzusehen, wie Fredericks mich bearbeitete, weil er genau wußte, daß ich die Hiebe demütig einzustecken hatte, wenn ich nicht aus der Rolle fallen wollte.

Ich stand auf und sah das Mädchen an. Sie hielt die Hand gegen die Wange gepreßt und funkelte ihren Vater haßerfüllt an.

»Wer ist dieser Kerl?« fragte Fredericks. »Wieder einer von den Kneipenhockern, die du dauernd aufgabelst? Habe ich dir nicht gesagt...?«

»Du hast es mir gesagt«, unterbrach sie ihn. Sie ließ die Hand sinken. Die Haut war unterhalb des Backenknochens gerötet – vielleicht verschwand die Verfärbung wieder, vielleicht entwikkelte sie sich aber auch zu einem schönen blauen Fleck. Ihre Stimme klang beherrscht und kalt und sehr erwachsen. »Wenn es nach dir geht, soll ich den ganzen Tag zu Hause bleiben und fernsehen.«

»Ich rede nicht davon, was du bei Tag tun sollst.«

»Also schön, dann die ganze Nacht.«

»Ich habe dich gewarnt. Du weißt, was ich mit so einem Kerl machen werde, der...« Er holte tief Luft und sagte weiter: »Ich habe versucht, meine Pflicht zu erfüllen, ich habe mich bemüht, dir Vater und Mutter zu sein, seit deine Mutter...«

»Laß Mutter aus dem Spiel!«

»Ich habe dich in die besten Schulen geschickt, dir Geld und Kleider und Autos gegeben, und was tust du? Erst läßt du dich mit einem verheirateten Kerl ein, dann kommst du zurück und machst mir Schande, weil du dich wie eine Schlampe benimmst – du, meine Tochter! Warum hast du nicht getan, was ich dir gesagt habe? Warum bist du nicht im Osten geblieben und hast dir einen netten, gleichaltrigen Jungen aus gutem Hause gesucht und...«

»Habe ich ja«, unterbrach sie ihn. »Aber komischerweise verloren sie alle das Interesse an mir, sobald sie erfuhren, daß mein Vater Sal Fredericks, der große Hotelboss, ist. Heutzutage scheint es gewisse Vorurteile gegen das Hotelgewerbe zu geben.«

Er lief rot an, beherrschte sich aber. »Warum tust du das nur, mein Kleines?« fragte er, und für einen Augenblick war er so menschlich, daß er mir leid tat. »Warum tust du das? Schau dich doch bloß an. Meine Tochter, die ich anständig zu erziehen versucht habe wie eine Dame, steht da vor mir und sieht aus, als ob sie in ihren Kleidern geschlafen hätte...«

»Das habe ich auch«, sagte sie mit brutaler Offenheit. »Mit ihm – zweimal!«
Martell und ich waren für ihn nicht mehr vorhanden. Die beiden standen allein im Zimmer, und jeder schlug dem anderen Widerhaken ins Fleisch. Sie sah mich nicht an, während sie das sagte, und er ignorierte mich ebenfalls.
»Warum, Baby?« wiederholte er.
»Weil er der einzige Mann war, der den Mut dazu hatte. Der einzige, der sich nicht vor dir fürchtete.«
»Ob er Mut hat, werden wir gleich feststellen«, sagte Fredericks. »Du gehst jetzt nach Hause und wäschst dich ...«
»Und du rührst ihn nicht an«, unterbrach sie ihn. »Wehe, wenn du ihm ein Haar krümmst!«
»Bring sie nach Hause, Fenn«, befahl er.
Ich drehte mich nicht nach Martell um, spürte aber, wie er zögerte.
»Ich glaube, Mr. Fredericks, ich sollte Sie jetzt lieber nicht allein lassen«, sagte er.
»Was, zum Teufel ... Ach, seinetwegen? Mann, mit diesem Mini-Casanova werde ich doch noch fertig. Du hast selber gesehen ...«
»Ja, ich habe es gesehen«, sagte Martell, und ich wußte, daß er sich innerlich wand wie ein Wurm an der Angel. Er wollte nicht gehen. Er wollte dableiben und mich im Auge behalten. Aber jetzt war er es, der nicht aus der Rolle fallen durfte. Trotzdem unternahm er noch einen Versuch. »Wenn ich Ihnen raten darf ...«
Fredericks lief rot an. »Wer, zum Teufel, hat dich um Rat gefragt, du Trottel? Bring sie nach Hause. Und noch etwas, Fenn ...«
Martells Stimme klang sehr sanft. »Ja, Mr. Fredericks?«
»Nur bis an die Schwelle. Ich habe eine Menge über dich gehört, bevor du hierhergekommen bist.«
»Sehr wohl, Mr. Fredericks.«
Steifbeinig stakste er auf uns zu. Moira schien mit einem Ruck aus ihrer Haßorgie hochzuschrecken. Das Mal von der Hand ihres Vaters brannte immer noch auf ihrer Wange, aber ihre Augen waren auf einmal dunkel und schuldbewußt, als sie sich mir zuwandte.
»Geh nur, Kleines«, sagte ich.
»Ich laß dich doch nicht ...«
»Geh nur«, unterbrach ich sie und hoffte, daß sie mich möglichst

rasch von Martell befreien würde. Solange er in der Nähe war, bestand für mich ernsthaft Anlaß zur Besorgnis.
Sie atmete schwer. »Tut mir leid, ich wollte nicht... Ich glaube, mir sind einfach die Nerven durchgegangen.«
»Schon gut. Jetzt geh, bitte.«
Sie wollte noch etwas sagen, beherrschte sich jedoch. Martell wartete. Sie drehte sich um, dann verließen sie gemeinsam den Raum. Bevor die Tür ins Schloß fiel, sah ich noch einen Mann, der draußen Wache hielt – den Mann, der uns hergeführt hatte.
Die Lage war immer noch ungemütlich, aber ohne Martell machte ich mir keine allzu großen Sorgen mehr. Ich hatte Fredericks kennengelernt; ich wußte, woran ich bei Martell war; ich hatte alles erfahren, was ich hier erfahren konnte. Es war an der Zeit, sich planmäßig abzusetzen, wie wir bei der Armee zu sagen pflegten.
Fredericks starrte mich finster über den Schreibtisch hinweg an. Dann sagte er: »Du hast also Mut, wie? Das werden wir ja gleich sehen.«
Ich beobachtete, wie er aufstand und um den Tisch auf mich zukam, und ich spürte wieder meine schmerzenden Rippen und die geschwollene Backe. Diese Gangster machen immer soviel Wind.
»Und noch etwas«, sagte er. »Wir werden dich so herrichten, daß du keine jungen Mädchen mehr belästigen kannst.«
Das kam nicht unerwartet. Er trat auf mich zu und klatschte mir die Hand ins Gesicht – wirklich, er versetzte mir eine Ohrfeige! Es war eine Schande. Ich kochte vor Wut. Manchmal wird man es einfach leid, immer den kalten, unpersönlichen, vollautomatisch funktionierenden Menschenjäger spielen zu müssen. Man stellt sich dann vor, welchen Spaß es machen würde...
Ich hatte die Hand in der Tasche und umklammerte das kleine Messer. Er schlug mich noch einmal. Ich hatte die Nase voll von Salvatore Frederici, und ich lachte ihn freundlich an – den kleinen Mann, der praktisch schon tot war und es nur noch nicht wußte. Ich brauchte nur das Messer zu ziehen, es aufzuklappen und an die richtige Stelle zu stoßen. Mein Verstand gab mir das Zeichen, doch meine Hand rührte sich nicht. Ich brachte es nicht fertig. Ich durfte es nicht einfach deswegen tun, weil ich die Nase voll hatte von dem Kerl. Auch nicht, weil er Moira geschlagen hatte. Selbst daß er aus einem mir noch unbekannten Grund dafür

verantwortlich war, daß die Ranch, auf der meine Kinder aufwuchsen, sich in ein waffenstarrendes, von Angst beherrschtes Lager verwandelt hatte – selbst das reichte nicht aus.
Er stand auf der Liste, und wenn ich bei der Erfüllung meines Auftrags eine Chance bekam, ihn zu erledigen, würde ich keine Sekunde zögern. Im Gegenteil – von jetzt ab würde ich nach dieser Chance Ausschau halten...

13

In seinen Augen flackerte es. Plötzlich fühlte er sich ungemütlich. Er trat rasch an den Tisch, drückte auf einen Knopf, und eine Sekunde später stand der Mann aus dem Korridor hinter mir. Der große Sal hatte für einen Augenblick Angst gezeigt; genauso wie sein kleiner Ricky mußte er das verlorene Prestige zurückgewinnen, indem er den Hund trat – und das war ich. Mein Magen schmerzte, und meine Nase blutete, als sie mich schließlich hinausschafften und den beiden Ganoven mit den entsprechenden Instruktionen aushändigten. Ricky fand diese Instruktionen großartig.
»Halt ihn in Schach«, sagte er zu Tony. »Paß gut auf den Schweinehund auf, bis wir ihn aus der Stadt raushaben. Draußen nehme ich ihn mir gründlich vor.«
Tony sagte: »Bist du nur zum Kommandieren hier oder kannst du auch auf den Knopf da im Lift drücken?«
Sie brachten mich wieder nach unten und quer über den Parkplatz zum Wagen. Es war jetzt taghell. Die trockene Hitze Nevadas flimmerte über dem Asphalt. Auf der Straße waren einige Leute zu sehen, aber der Parkplatz war menschenleer. Da ich ungestört bleiben wollte, wartete ich, bis Tony mich um den Wagen herumgeführt hatte. Dann griff ich ihn an.
Er war jetzt schön entspannt und stand genau richtig. Ich packte ihn beim Arm, ließ ihn stilvoll durch die Luft wirbeln und zum Abschluß mit Karacho auf meinem Knie landen. Er brüllte auf, als es in verschiedenen Teilen seiner Anatomie knackte. Dann schlug er mit dem Kopf auf den Boden und verstummte. Es tat mir leid, daß das Ganze ein bißchen zu drastisch ausgefallen war. Tony schien noch kein hauptberuflicher Gangster zu sein.
Der Revolver war beim Fallen nicht losgegangen, sondern unter

den Wagen gerutscht. Ich wollte ihn ohnehin nicht. Mit Rickys Messer hatte ich etwas weit weniger Geräuschvolles vor. Er wollte uns gerade die Wagentür aufmachen. Als er den kurzen, abgehackten Schrei hörte, drehte er sich um und war furchtbar erschrocken darüber, daß sein Partner nicht mehr mitspielte und er jetzt auf sich allein gestellt war. Ich muß zugeben, daß er mit dem Messer ganz schön rasch bei der Hand war. Er drückte auf den Knopf, und die lange, geschmeidige Klinge rastete ein.
»Bitte, ganz wie du willst, Kleiner«, sagte er in seinem besten, drohenden Tonfall. »Wenn du unbedingt darauf bestehst, kannst du deine komplette Behandlung gleich kriegen.« Er kam auf mich zu,
Ich zog meine Hand aus der Tasche und machte aus dem Gelenk eine kurze, scharfe Bewegung, so daß die Klinge herausschnellte. Ricky kriegte Kulleraugen und zögerte. Doch als er sah, daß mein Stichwerkzeug nur knapp halb so lang war wie seines, wurde er wieder zuversichtlicher und stürmte los. Ich war zunächst versucht, ein wenig mit ihm herumzuspielen, aber es war so heiß, und ich war müde und schläfrig. Also wich ich seinem ungeschickten Stoß mit einem Seitenschritt aus, ging nach innen, packte seinen Arm und setzte einen hübschen, chirurgisch genauen Schnitt an. Das Messer fiel ihm aus den Fingern. Damit war er der zweite, der für eine ganze Weile, wenn nicht gar für immer Linkshänder wurde.
Er fuhr zurück, umklammerte sein Handgelenk und starrte auf das Blut, das zwischen seinen Fingern hervorschoß.
»Laß dir lieber eine Aderpresse anlegen, sonst verblutest du«, sagte ich, trat auf sein Messer und bog den Griff hoch, bis die Klinge abbrach. Sehr gut schien der Stahl nicht zu sein. Die beiden Stücke schob ich ihm mit dem Fuß zu.
Ich entfernte mich rückwärts, bis ich einigermaßen sicher war, daß er mir mit der Linken nichts anhaben konnte, selbst wenn er ein Schießeisen dabeihatte und lange genug aus seiner Trance erwachte, um es zu benutzen. Dann drehte ich mich um und marschierte quer über den Parkplatz davon. Ich zog mein Taschentuch heraus, um mein kleines Messer abzuwischen. Als ein wohlbekannter Sportwagen von der Straße scharf auf den Parkplatz kurvte, blieb ich stehen und wartete. Sie stieß die rechte Tür auf.
»Schnell, einsteigen!«

»Wozu die Eile?« fragte ich erstaunt.
Sie betrachtete erst mich, dann das Messer und die Flecken auf dem Tuch, mit dem ich es reinigte. Dann schaute sie hinüber zu der Stelle, wo der eine Mann bewußtlos auf dem Boden lag und der andere sich gegen den Wagen lehnte, sein Handgelenk umklammerte und den pulsierenden Blutstrahl anstarrte.
»Hör endlich auf mit deiner Großspurigkeit und steig ein, bevor noch einer kommt.« Ich gehorchte. Sie wendete den kleinen Mercedes und brauste davon.
»Alles in Ordnung?« fragte sie, ohne mich dabei anzusehen.
»Ja.«
»Was wollten sie mit dir machen?«
»Soweit ich mich erinnere, wurde unter anderem auch eine gewisse Operation erwähnt.«
Sie schluckte heftig. »Wie gemein kann ein Mensch eigentlich werden?« Sie gab sich selbst die bittere Antwort darauf: »Und er wird noch gemeiner werden, falls er die geeigneten Mittel und Wege findet.«
Plötzlich fing ich einen fragenden Blick von ihr auf und konnte ihre Gedanken vom Gesicht ablesen: Als sie mich verlassen hatte, war ich allein mit ihrem Vater in einem Zimmer – als Gefangener –, und jetzt lief ich frei herum.
»Es ist alles in Ordnung, Moira«, beruhigte ich sie. »Deinem Vater fehlt nichts.«
»Habe ich danach gefragt? Was geht mich das an?«
»Er mag ein Schurke sein, und trotzdem ist er dein Vater – das hast du doch selber gesagt.«
Sie wollte aufbegehren, aber dann seufzte sie: »Sicher, Blut ist dicker als Wasser, und so weiter. Aber zum Teufel damit, es stimmt. Ich könnte nie wieder...« Sie warf mir einen Blick zu, wurde rot und hüstelte. Nach einer Weile wechselte sie das Thema. »Du hast mich noch nicht gefragt, wie die Fahrt verlaufen ist?«
»Also wie war sie?«
»Er ist ein Schuft, ein mieser, gemeiner Schuft.«
»Ich weiß«, entgegnete ich. »Er erinnert dich an mich.«
Sie schnitt mir eine Grimasse. »Er hat kein Wort gesagt, das nicht in Ordnung gewesen wäre. Er hat mich nicht angerührt, aber... in Gedanken hat er mich vor jeder Verkehrsampel

zweimal vergewaltigt. Davon ist er wie besessen. Ich möchte nie und nimmer in dem Bordell arbeiten, in dem er verkehrt.«
Natürlich wußte ich das, aber ich war froh, daß es mir von einer Frau bestätigt wurde.
»Ich war wie erlöst, als der Wagen, der hinter uns herfuhr, uns einholte und ihn einsteigen ließ«, erklärte sie. »Ich fürchtete schon, er würde trotz Vaters Befehl mit reinkommen. Ich wartete, bis sie außer Sicht waren, sprang wieder in den Mercedes und fuhr wie der Teufel... Hoffentlich macht es nichts, daß ich Scheich allein gelassen habe. Glaubst du, daß ich jetzt nach Hause kann?«
Ich überlegte mir die Antwort. Martell wollte mir sicher sofort nachsetzen, aber ich bezweifelte, daß Fredericks es ihm erlauben würde. »Ich denke doch«, sagte ich. »Ich habe mich verraten, als ich die beiden Kerle erledigt habe. Dein Vater wird darin zweifellos den Profi erkennen.«
Sie sah mich an. »Profi. Ich frage wohl lieber nicht weiter.«
»Lieber nicht, ich könnte es dir vielleicht sagen.«
»Ich glaube immer noch, daß du für die Regierung arbeitest. Obgleich...«
»Obgleich was?«
Sie schüttelte den Kopf. »Ich weiß nicht. Ich will es wahrscheinlich auch gar nicht wissen. Wieso meinst du, daß wir unbesorgt zu mir können, weil du dich verraten hast?«
»Dein Vater war unvorsichtig und hat zwei von seinen Jungen zumindest vorübergehend verloren. Er wird den gleichen Fehler kein zweites Mal machen wollen. Ihm dürfte klar sein, daß ich kein auf Liebesabenteuer versessener Tourist bin, und er wird genaue Erkundigungen einziehen, bevor er wieder etwas unternimmt.«
»Hoffentlich hast du recht. Da wären wir.« Wir bogen in die Einfahrt neben dem kleinen blauen Haus und stiegen aus.
Der Hund hatte einen hübsch ausgepolsterten Korb neben dem Kamin an der Schmalseite des Wohnzimmers. Nachdem die Tür sich hinter uns geschlossen hatte, reagierte er auf unsere Anwesenheit nur, indem er schläfrig ein Auge öffnete und es beruhigt wieder zuklappte.
»Das ist vielleicht ein Wachhund«, neckte ich sie.
Sie reagierte prompt: »Du bist unfair. Nur weil er nicht... Ich hab zuviel von ihm verlangt. Er hat einfach nicht kapiert.«
»Mag sein. Trotzdem würde ich ihm nicht raten, sich mit einer

echten Wildkatze einzulassen, obwohl die nur etwa dreißig Pfund wiegen... Schon gut, schon gut«, grinste ich, als sie auf mich losgehen wollte. »Er ist ein großer, tapferer Hund und wollte nur dem armen, kleinen Ganoven nicht weh tun – au!«
Sie versetzte mir einen Tritt, ich packte sie, und wir rauften eine Weile miteinander. Es war durchaus nicht nur spielerisch. Sie war richtig böse. Dann verschwand ihr Zorn von einer Sekunde zur anderen, und sie lachte, bis sie kaum noch Luft bekam. Ich folgte ihrem Blick und sah uns beide in dem großen Spiegel neben der Tür: zwei verlotterte übernächtigte Gestalten. Sie machte sich frei und baute sich vor dem Spiegel auf.
»Ach, du liebe Zeit!« sagte sie. »Kein Wunder, daß Dad meinte...«
Sie verstummte, schnitt eine Grimasse, löste den Gürtel, verrenkte sich nach dem Reißverschluß und ließ das Kleid zu Boden gleiten. Sie stieg heraus und beförderte es mit einem Fußtritt mitsamt dem einen Schuh durch die offene Schlafzimmertür. Dann schleuderte sie den zweiten Schuh hinterher und zog sich die wenigen verbliebenen Nadeln aus dem Haar. Es war länger, als ich gedacht hatte, und fiel jetzt weich und schimmernd auf die bloßen Schultern.
»Brat uns ein paar Eier und koch Kaffee«, sagte sie. »Ich dusche inzwischen und decke dann den Tisch, damit du dich frischmachen kannst... Was ist denn los?« Sie blickte an sich herab, wie sie in dem kurzen Slip und BH barfuß vor mir stand, und sagte ungeduldig: »Ach, du meine Güte! Du hast doch zweimal mit mir geschlafen. Schön, ich hab also einen Körper, und was noch?«
Ich grinste. »Hab ich auch nur ein Wort gesagt? Marsch, unter die Dusche.«
»Mein lieber Schatz...« Da klingelte es an der Haustür. Mit einem weiteren Blick auf ihre mehr als spärliche Bekleidung bat sie: »Schau du doch mal nach, ja?«
Ich wartete, bis sie sich ins Schlafzimmer zurückgezogen und hinter sich zugemacht hatte. Dann öffnete ich die Haustür. Vor mir stand ein Mann in sauberem Overall und einer Mütze mit dem Zeichen der Elektrizitätswerke. Er hatte einen Notizblock mit Aluminiumdeckel in der Hand. Er sagte etwas, das ich nicht mitkriegte, und klappte das Ding auf, um mir was zu zeigen. Als ich einen Schritt nach vorn tat, tauchte links von mir sein

Begleiter auf, den ich nicht bemerkt hatte, und schlug mir einen Knüppel über den Schädel.

14

Das Ganze war natürlich verdammt albern. Zu meiner Entschuldigung kann ich nur anführen, daß ich zwei Nächte lang nicht geschlafen hatte, wovon besonders die letzte recht bewegt war. Jedenfalls trafen sie mich völlig unvorbereitet, in einem Zustand also, den ein Mann in meiner Lage sich nicht leisten kann.
Der Schläger war ein Fachmann. Sein Hieb war weder fester noch sanfter als notwendig. Ich ging zu Boden. Der im Overall fing mich auf, damit ich mir nicht das Gesicht auf den Stufen zerschlug. Ich war nicht ganz weggetreten, sondern merkte noch, wie der andere sein Schlaginstrument weglegte – warum ich in diesem Moment an Herzog Logan denken mußte, wußte ich auch nicht. Dann schleppten mich die beiden ins Haus und warfen mich auf das nächstbeste Sofa. Ich konnte alles klar erkennen, obwohl ich die Augen geschlossen hielt.
»Mußtest du so fest zuschlagen?« fragte eine Stimme. »Wenn du ihn umgebracht hast...«
»Ich bringe keinen um, wenn ich nicht ausdrücklich dafür bezahlt werde«, antwortete die andere Stimme. »Was soll ich denn machen? Seine Gasuhr ablesen? Was, zum Teufel, hat übrigens ein Mann hier zu suchen?« Die Stimme war mir völlig fremd. Sie fuhr in gereiztem Ton fort: »Von Rechts wegen durften nur das Mädchen und der Hund im Haus sein. Behalt den Trottel im Auge, ich sehe mich inzwischen um. Falls er auf die Idee kommt...«
Eine dritte Stimme rief: »Matt, wer war denn da?«
Jetzt hätte ich eigentlich etwas unternehmen müssen, aber schon zum zweitenmal an diesem Tag brachte ich es nicht fertig. Ich wußte nur, daß es furchtbar wichtig war und daß sich schreckliche Dinge ereignen würden, wenn ich es nicht tat, trotzdem konnte ich mich einfach nicht bewegen. Ich hörte, wie sich irgendwo eine Tür öffnete.
»Matt, ich...« Ihr Tonfall änderte sich. »Wer sind Sie denn? Was wollen Sie hier?«
Die Tür schlug wieder zu. Schritte eilten durchs Zimmer, eine

Schulter stieß gegen die Tür, bevor Moira Zeit hatte, sie abzuschließen. Nebenan rumorte es, und eine Männerstimme rief: »Lou, um Himmels willen, komm her und nimm der verdammten kleinen Wildkatze die Pistole weg, bevor sie... Au, du Hexe!« Ich hörte das dumpfe Geräusch eines Schlages, danach ein Ächzen. Der andere eilte seinem Begleiter zu Hilfe, und ich war allein im Zimmer – nicht ganz allein ... Da – in der Ecke ... zuerst völlig regungslos, dann bewegte es sich. Ich wollte schreien, die anderen warnen ... aber ich brachte keinen Ton heraus.
Es bewegte sich lautlos auf die Schlafzimmertür zu ... jetzt begann der Alptraum mit einer Geräuschkulisse, die direkt aus der Hölle kam ... Dabei war die Kleine da drinnen ... Ich mußte ihr doch helfen ... Ich fiel vom Sofa und wurde ohnmächtig.
»Matt, Matt, bitte, wach auf!«
Langsam tauchte ich aus dem Dunkel auf und öffnete die Augen. Sie sah aus, als ob sie das Haus gestrichen hätte – nur war es keine Farbe. Mit einem Ruck saß ich aufrecht, obwohl ich dachte, mein Kopf müsse platzen.
»Moira«, keuchte ich. »Kleines ...«
»Ach du liebe Zeit, mach doch keine Staatsaktion draus. Es ist bloß ein bißchen Blut. Nicht mal ... meines. Ich bin schon in Ordnung.«
Ich musterte sie genauer und stellte fest, daß sie unverletzt war, obwohl sie einem Indianer auf Kriegspfad glich. Das Zimmer drehte sich wie ein Karussell. Als ich im Sitzen schwankte, packte sie mich.
»Bitte, Liebling«, rief sie. »Versuch's wenigstens.«
»Was denn?«
»Du mußt kommen. Er ist drin. Er ...« Ihre Stimme versagte. »Er ist verletzt ... schwer verletzt. Du mußt kommen und sehen, ob man nicht irgendwas ... irgendwas für ihn tun kann. Bitte, Matt, steh auf.«
Ich bemühte mich. Und ich schaffte es. Sie führte mich quer durch den Raum zur Schlafzimmertür. Dort wurde mein Kopf schlagartig klar.
Der eine neben der Tür hatte offensichtlich versucht, den Hund zu verscheuchen. Das Tier hatte ihm den Unterarm abgebissen – so sah es jedenfalls aus – und war ihm dann an die Gurgel gesprungen. Dort hatte es gründliche Arbeit geleistet. Der andere hatte es offenbar mit einer Schießerei probiert. Der Hund hatte

sich weder um die Hand noch um die Waffe gekümmert, sondern ihn einfach wie das Kaninchen beim Genick gepackt. Der Kopf pendelte herab – zweifellos waren ein paar Sehnen und Wirbel zermalmt. Es hatte keinen Sinn, die Sache näher zu untersuchen, denn zwischen Kopf und Schultern war nicht mehr viel übrig.
Es war der schauerlichste Anblick, den ich je erlebt hatte. Ich mußte heftig schlucken. Das Mädchen beachtete die grauenhaft verstümmelten Leichen nicht.
»Hierher«, sagte sie, »rasch.«
Ich ging um das Bett herum. Dort lag der große Hund seitlich ausgestreckt. Er war über und über blutverschmiert, nur den Kopf hatte sie bereits abgewaschen. Die Sorge um ihn hatte ihr wohl über den schlimmsten Schock hinweggeholfen. Er versuchte, den Kopf zu heben. Die Spitze seines langen Schwanzes bewegte sich. Jetzt wedelte er zum erstenmal damit wie ein richtiger Hund. Er war sichtlich stolz auf sich und sein Werk. Trotzdem behielt er uns im Auge. Als Hund ist man ja nie ganz sicher, wie diese komischen Menschen reagieren.
Moira kniete sich hin und bettete den schmalen Kopf in ihren Schoß. Der Rachen öffnete sich, und ich sah den mächtigen Fang mit den langen weißen Reißzähnen. Der Hund leckte Moiras Hand. Ich stand nur da. Wie soll man sich schon bei einem Hund entschuldigen?
»Ruhig, Scheich, ganz ruhig«, sagte Moira. Sie schaute mich flehend an. »Was meinst du?«
Ich beugte mich herunter und betrachtete ihn aus der Nähe. Er hatte mindestens drei Kugeln abbekommen: einen glatten Durchschuß in die Flanken und zwei in die Brust.
»Was meinst du?« flüsterte Moira. »Können wir... können wir noch irgend etwas für ihn tun?«
Es hatte keinen Sinn, sie zu täuschen. »Nur noch eins«, sagte ich. »Aber dazu gehst du besser nach nebenan.«
Sie riß empört die Augen auf. »Nebenan... du meinst, ich soll ihn im Stich lassen? Wofür hältst du mich?« Sie kraulte ihn sanft zwischen den langen Windhundohren. Er wandte keinen Blick von ihr. Ohne mich anzusehen, sagte sie: »So mach schon! Worauf wartest du noch? Rasch, bevor er sich bewegt und sich noch mehr verletzt.«
Es half nichts – ich mußte es tun...
Sie blieb noch eine Weile sitzen und hielt seinen Kopf in ihrem

Schoß. Die Tränen rollten ihr über die Wangen. Ich ging ins Bad und drehte die Dusche auf. Dann holte ich sie und schob sie unter das strömende Wasser.
Ich schluckte drei Aspirintabletten, suchte mir einen Schwamm und wischte die Blutspuren vom Wohnzimmerteppich. In dem Schlachthaus, zu dem ihr Schlafzimmer geworden war, konnte ich nicht viel tun; hier half nur noch eine komplette Renovierung. So machte ich einfach die Tür zu.
Als ich ins Bad zurückkam, stand sie noch immer unter der Dusche. Ich brachte mein ramponiertes Äußeres am Waschbekken wieder in Ordnung, so gut sich das mit Wasser und Seife erreichen ließ. Dann ging ich in die Küche, um das Frühstück vorzubereiten. Das mag herzlos klingen, aber die Lage erforderte einiges Nachdenken, und mit leerem Magen kann ich das nicht. Moira würde eine kräftige Mahlzeit vermutlich ebenfalls guttun.
Während ich darauf wartete, daß das Wasser kochte, warf ich einen Blick auf die Titelseite der Zeitung, die wir mit hereingenommen hatten. Ein Artikel trug die Überschrift: »Radioaktivität fordert in Los Alamos zwei Opfer.« Es hieß darin, daß eine Untersuchung eingeleitet worden sei, um festzustellen, ob manche Betriebe nicht ein wenig fahrlässig mit dem heißen Zeug umgingen. Ich las den Artikel zu Ende und fand, das sei auch keine angenehme Todesart – aber welche ist das schon?
Dann rief mich Moira: »Matt, wo bist du?«
Ich legte die Zeitung beiseite und ging zu ihr. Sie stand in der Tür des zweiten Schlafzimmers – das Bad lag zwischen beiden – und frottierte ihr Haar. Ihre glatte Haut schimmerte wie Perlmutt. Sie sah mich an, dann sich und lächelte leise. Aber immerhin – sie lächelte wieder.
»Ich kann doch nichts dafür«, verteidigte sie sich. »Meine Kleider sind alle ... da drin ... ich hab's einfach nicht fertiggebracht ...« Das Lächeln verschwand, ihre Augen wurden plötzlich feucht. »Armer Scheich! Er war so ein lieber Kerl, so scheu – und so ein Clown. Und so tapfer, als er begriff, daß mir jemand was tat.«
Wenn sie darüber reden konnte, war das Schlimmste überstanden. »Sag nur, was du brauchst und wo ich es finde, dann gehe ich rein ...«
Sie hörte mir nicht zu, sondern sah über meine Schulter hinweg zur Tür. Ich drehte mich um. Wir hatten kein Geräusch bemerkt! Wahrscheinlich war die Tür einen Spalt offengeblieben, als sie

mich vorhin hereinzerrten. Jetzt war sie weit offen, und im Türrahmen stand Beth.

15

Die Kleine war wirklich beachtlich. Sie verzichtete auf alle albernen Mätzchen mit dem Handtuch, sondern frottierte weiter damit ihre Haare. Schließlich war das ihr Haus, und wenn sie Herrenbesuch im Evaskostüm empfing, so war das einzig und allein ihre Angelegenheit.
»Ich wäre Ihnen dankbar, wenn Sie die Tür zumachten, Mrs. Logan«, sagte sie. »Von innen oder von außen – wie Sie wollen.«
Beth entgegnete trocken: »Ja, Moira, ich kann mir vorstellen, daß es Ihnen ein bißchen zieht.«
Sie trat ein und schloß die Tür hinter sich.
»Was verschafft mir das Vergnügen, Sie zu sehen, Mrs. Logan?« fragte Moira.
»Das Vergnügen liegt ganz auf meiner Seite, meine Liebe«, entgegnete Beth honigsüß. »Ich meine, was die Aussicht betrifft... Aber eigentlich habe ich Mr. Helm gesucht. Ich wollte gerade anklopfen, da ging die Tür von allein auf...«
»Neben der Tür befindet sich eine Klingel, meine Liebe«, sagte Moira. »Wissen Sie, so ein kleines Elektrogerät, das man mit einem winzigen weißen Knopf bedienen kann. Wie kommen Sie überhaupt auf die Idee, daß Sie Mr. Helm hier finden könnten?«
Eine gute Frage. Beth gab keine Antwort. Ich erschrak, als sie wie ein dummes Schulmädchen dastand, das bei einer durchsichtigen Lüge ertappt worden ist. Sie hatte auf eine unbequeme Frage eine unbesonnene Antwort gegeben, und jetzt steckte sie fest. Tatsächlich hatte sie überhaupt nicht damit gerechnet, mich hier zu finden.
Moira quittierte ihren Triumph nicht einmal mit einem Lächeln. »Na schön, dann lasse ich Sie jetzt mit Mr. Helm allein, damit Sie Ihr Anliegen besprechen können.«
Jetzt erst schlang sie sich das Badetuch lässig um die Hüften, bevor sie sich abwandte. Ein erstklassiger Regieeinfall: Der Abgang einer Dame mit entblößter Kehrseite wirkt entschieden

würdelos. Ich folgte ihr ins Bad. Sie drehte sich rasch zu mir um. »Zum Teufel noch mal, wirf sie raus, bevor ich ihr die Augen auskratze.«

»Immer mit der Ruhe, Kleines.« Ich schaute mich um. »Und was ist mit den Nachbarn?«

»Wie meinst du das?«

»Hier wurde geschossen. Ein paar Männer wurden von einem wilden Tier in Stücke gerissen...«

»Darum brauchst du dir keine Sorgen zu machen. Hast du die Klimaanlage nicht gesehen? Und selbst wenn die Posaunen des Jüngsten Gerichts losgingen, würden sich diese Idioten höchstens über meine Rücksichtslosigkeit aufregen, weil ich das Fernsehgerät zu laut laufen hätte.« Moira holte tief Luft. »Zum Kuckuck, was will sie eigentlich hier?«

»Keine Ahnung. Ich halte es aber für keine schlechte Idee, das herauszufinden.«

Nach kurzem Zögern meinte sie: »Das kommt ganz drauf an, Matt.«

»Worauf?«

»Auf wessen Seite du stehst.« Ihre seegrünen, wissenden Augen hielten meinem Blick stand. Ich nahm ihr Gesicht zwischen meine Hände und küßte sie auf die Stirn.

Leise stieß sie die Luft aus. »Na gut, in Ordnung.«

»Soll ich dir was aus dem anderen Zimmer holen?«

»Laß nur. Sie hat mich so wütend gemacht, daß ich bis an die Knie in Leichen waten könnte. Geh lieber raus und unterhalte sie... Matt!«

»Ja.«

»Daß mir das nicht zur Gewohnheit wird, mein Lieber. Was, zum Donnerwetter, soll ich mit einem Kuß auf die Stirn?«

Grinsend kehrte ich ins Wohnzimmer zurück. Beth betrachtete ein Bücherregal. Als sie mich hörte, drehte sie sich um.

»Du überraschst mich, Matt«, sagte sie leise. »Mit so einem Kind!«

»Alle Beweise sprechen doch dagegen, daß sie eines ist, nicht wahr? Wahrscheinlich sogar ihre Geburtsurkunde. Außerdem geht es dich eigentlich nichts an, Beth. Soweit ich mich erinnere, hast du gesagt, es sei ein Fehler, den wir nicht wiederholen wollten.«

»Stimmt. Ich war eben nur ein wenig überrascht, dich hier anzutreffen, das ist alles.«

»Vorhin hast du aber etwas anderes gesagt: Du seist hergekommen, mich zu suchen.«
Sie lächelte bedauernd: »Ich weiß, das war recht dumm von mir, nicht wahr?«
»Ist dir jetzt eine bessere Geschichte eingefallen?«
»Nein, eigentlich wollte ich ...«
»Schlimmstenfalls kann man seine Zuflucht auch zur Wahrheit nehmen. Was, zum Teufel, suchst du hier eigentlich, Beth?«
Sie begann: »Nun, ich ...« Dann lachte sie. »Es ist komisch, den Namen wieder zu hören. Er nennt mich immer Elizabeth.«
»Ich weiß. Aber wenn wir schon von Überraschungen sprechen: Stell dir vor, wie überrascht ich war, daß du den früheren Leibwächter von Sal Fredericks geheiratet hast, diesen Profi mit seiner Pistole im Schulterhalfter. Wenn man sich überlegt, warum du mich damals verlassen hast ...«
Sie wand sich. »Ich weiß, das muß dir seltsam erscheinen. Ich ...« Sie verstummte. Moira trat durch die offene Schlafzimmertür. Sie trug jetzt Sandalen und knappe blaue Shorts, darüber ein frisches weißes kurzärmeliges Hemd. Ihr Haar war immer noch feucht, und sie frottierte es mit einem trockenen Handtuch.
»Wird da schon wieder über meinen Vater gelästert?«
Ich mußte eine Weile überlegen, bevor mir einfiel, daß ich Sal Fredericks erwähnt hatte. »Wir sprachen eigentlich von seinem früheren Adjutanten, dem Herzog von Nevada.«
»Ach ja, der Herzog.« Moira rubbelte energisch an ihren Haaren herum und wandte sich an Beth: »Sollten wir ihn nicht hereinholen, Mrs. Logan? Es muß ihm doch langweilig werden draußen im Auto. Oder wartet er irgendwo anders auf Ihren Bericht?«
Beth runzelte die Stirn. »Ich weiß gar nicht, was Sie meinen. Larry ist nicht ...«
Moira ließ das Handtuch sinken. Ihr feuchtes Haar stand wild vom Kopf ab, und plötzlich sah das gar nicht mehr besonders niedlich oder komisch aus – bei dem Ausdruck ihrer Augen konnte einem wahrhaftig das Lachen vergehen.
»Der Herzog überrascht mich«, sagte sie sanft. »Jetzt schickt er schon seine Frau vor. Er wird wohl allmählich alt und schafft es nicht mehr allein.« Sie beobachtete Beth mit einem drohenden, durchdringenden Blick. »Und wie steht's mit Ihnen, Mrs. Logan?«
»Was soll das?« fragte ich.

Moira wirbelte herum. »Wo hast du deinen Verstand gelassen, Kleiner? Schön, du warst mit ihr verheiratet, aber das heißt doch nicht, daß du mit dem Denken aufhören mußt, sobald sie einen Raum betritt. Was will sie denn hier? Kannst du dir das nicht zusammenreimen? Hatten sie es etwa auf dich abgesehen? Keine Spur! Sie waren ebenso überrascht, dich hier zu finden, wie Mrs. Logan. Das bedeutet, daß nicht Dad sie geschickt hat. Das würde er nie tun. Er braucht nur das Telefon abzuheben, wenn er mich haben will. Ich habe keine Angst vor ihm, ich würde kommen. Und wer sonst könnte sie hergeschickt haben außer Herzog Logan, der sich damit für irgend etwas an Dad rächen wollte? Er hat immer noch gute Freunde, die so was für ihn erledigen würden. Aber sie sind nicht zurückgekommen, und da er alt und vorsichtig wird und in der Stadt gut bekannt ist, läßt er nach einer Weile das Terrain vorsichtig von seiner Frau sondieren, um festzustellen, was schiefgegangen ist... Stimmt's nicht, Mrs. Logan?«
»Ich weiß gar nicht, was Sie...«, stammelte Beth.
Da packte Moira sie beim Arm. Bevor mir klar wurde, was sie vorhatte, standen die beiden schon vor dem verschlossenen Schlafzimmer. Moira drehte den Griff mit der freien Hand um, stieß die Tür auf und schob Beth hinein.
»Sie haben doch gute Nerven, Mrs. Logan? Sehen Sie sich genau um, und dann machen Sie meinetwegen Ihren Bericht!«

16

Als Beth aus dem Bad zurückkam, hatte Moira ihr ein kleines Tablett hergerichtet. Ich saß auf dem Sofa im Wohnzimmer, und sie hockte mit gekreuzten Beinen zu meinen Füßen auf dem Boden; ich rieb ihr Haar trocken – ein rührendes Bild trauter Häuslichkeit.
Beth hielt sich recht wacker. Natürlich war sie ein bißchen blaß und durcheinander, aber das war schließlich kein Wunder, wenn man gerade die letzte Mahlzeit geopfert hat. Sie blieb an der Tür stehen, sah uns an, und ich hatte das Gefühl, als ob der Anblick ihr einen Stich versetzte.
»Ich habe Ihnen Kaffee eingegossen, Mrs. Logan«, sagte Moira. »Ich hoffe, er ist noch heiß... Vorsicht, Liebling.«

Beth stand da und starrte uns an. Sie wirkte jetzt verloren und bestürzt. »Kaffee?« fragte sie. »Wie könnt ihr nur...« Sie warf einen Blick auf die geschlossene Schlafzimmertür und wandte sich hastig wieder ab. »Sollten wir nicht etwas tun?«
»Die halten sich schon noch eine Weile«, sagte ich bewußt brutal. Sie zuckte zusammen. Genau das wollte ich erreichen. Sie mußte endlich aufwachen und sich darüber klarwerden, daß sie diesmal aus eigenem Entschluß einen Profi geheiratet hatte – falls der Herzog ihr das nicht verschwiegen hatte. Doch das war ihm eigentlich nicht zuzutrauen. »Natürlich muß etwas geschehen«, fuhr ich fort. »Aber dann will ich wenigstens die Gewißheit haben, daß es das Richtige ist. Setz dich und trink deinen Kaffee, Beth.« Ich deutete auf einen Sessel. Sie gehorchte, nahm die Tasse von dem kleinen Tisch und nippte gierig an dem dampfenden Kaffee.
»Es waren doch Freunde des Herzogs, oder nicht?« fragte ich.
Sie sah nicht auf. »Nenn ihn bitte Larry. Den... den anderen Namen möchte er gern vergessen. Ebenso alles, was damit zusammenhängt. Ja, es waren seine Freunde oder zumindest Männer, die er einmal kannte, als er noch...« Sie stockte.
»Als er noch zu den Gangstern gehörte«, beendete ich den Satz.
Wir schwiegen alle. Plötzlich hob Beth den Kopf. »Du mußt das verstehen. Es ging um die Kinder. Er drohte...«
»Wer drohte?«
»Ihr Vater. Fredericks.«
»Was drohte er?«
Sie blickte in ihre Kaffeetasse. »Er benutzte die Kinder – meine Kinder –, um Larry zu erpressen. Um ihn zu zwingen...«
»Wozu?« fragte ich, als sie wieder verstummte.
»Das kann ich dir nicht sagen.«
Ich beließ es dabei. »Logan hat doch selber einen Sohn. Solchen Drohungen dürfte er seit Jahren ausgesetzt gewesen sein. Und wenn er der Mann ist, für den ich ihn halte, mußte er auch wissen, wie man damit fertig wird.«
Sie schüttelte den Kopf. »Aber mit mir ist er noch nicht so lange zusammen. Fredericks dachte, ich... ich würde schwach werden und Druck ausüben...« Nach einer Weile fuhr sie schweratmend fort: »Er hatte recht, und wie recht er hatte! Ich konnte es nicht ertragen. Nie zu wissen, was ihnen zustoßen mochte, wenn ich sie nur eine Sekunde aus den Augen ließ... Du hast ja

selber gesehen, wie es da draußen ist. Es ist zum Verrücktwerden!«
»Der Herzog beschloß also, Gegendruck auszuüben?«
Beth zögerte und betrachtete Moira. Dann brach es aus ihr heraus: »Warum sollte sie unbehelligt bleiben? Wenn er meine Kinder bedrohen kann ...«
»Nun, das hat nicht funktioniert. Eigentlich zu schade. Ich glaube kaum, daß die beiden Halbstarken einen großen Verlust darstellen, aber der Hund war verdammt nett.«
Beth hob mit einem Ruck den Kopf und starrte mich völlig entgeistert an: Ich zeigte nicht die gebührende Achtung vor einem Menschenleben ... Höchste Zeit, daß sie sich daran gewöhnte.
»Nur eines scheint bisher jeder übersehen zu haben.« Keine von den beiden tat mir den Gefallen, das Stichwort aufzugreifen. Ich kam mir plötzlich alt, traurig und müde vor. »Es sind schließlich auch meine Kinder. Wenn Herzog Logan sie nicht richtig beschützen kann, muß ich das wohl übernehmen.«
Wieder keinerlei Reaktion. Ich rubbelte noch einmal kräftig über Moiras Kopf und ließ das Handtuch über ihr Gesicht fallen. »Trocken. Kämm dich jetzt, du siehst aus wie Medusa mit dem Schlangenhaupt.«
»Was hast du vor, Matt?«
»Ich muß telefonieren. Ein vertrauliches Gespräch. Deshalb wäre ich euch dankbar, wenn ihr beide hinausgehen und dabei die Tür zumachen würdet.«
Moira stand auf und blickte mich forschend an. »Ich habe doch gesagt, daß du für die Regierung arbeitest. Ich wette, du rufst jetzt Washington an.«
Natürlich hatte sie recht, wie immer. »Sei ein braves Mädchen und kämm dir jetzt dein goldenes Haar.«
Sie beobachtete mich noch ein paar Sekunden, dann hob sie kaum merklich die Schultern und schüttelte den Gedanken ab, der sie bedrückte. Wenn ich das nur auch fertiggebracht hätte.
»Dort drüben steht das Telefon. Nebenanschlüsse gibt es nicht. Kommen Sie, Mrs. Logan, er möchte allein sein.«
Ich sah ihnen nach: Beth schlank, damenhaft und einen halben Kopf größer, neben ihr wirkte Moira klein und quecksilbrig. Ich wählte die offizielle Nummer in Washington und ließ die routinemäßigen Formalitäten über mich ergehen. Dann hatte ich Mac in

der Leitung.
»Hier Eric«, sagte ich. »Ich dachte, Sie wollten mal etwas über meinen Urlaub hören, Sir.«
Seine Stimme klang trocken. »Amüsieren Sie sich gut, Eric? Möchten Sie mir gern die Nase einschlagen?«
»Sie hätten mir ruhig sagen können, daß meine Familie in die Sache verwickelt ist.«
»Ich hielt es für besser, diese Entdeckung Ihnen zu überlassen«, antwortete er. »Sonst hätten Sie womöglich Skrupel gehabt, sie als Agent in offiziellem Auftrag zu besuchen; vielleicht wäre Ihnen sogar der Gedanke gekommen, ich hätte Sie um Spitzeldienste gebeten.«
»Stimmt das etwa nicht?«
Er lachte und überhörte die Frage. Seine Stimme klang dann nüchterner: »Ich kenne die Entwicklung bis zu Pauls letztem Bericht. Außerdem habe ich den ärztlichen Befund, wonach Pauls Verletzungen dafür sprechen, daß die Tat vorsätzlich und nicht im Affekt begangen wurde.« Mac räusperte sich. »Hat er geredet?«
»Es scheint so.«
»Beweise?«
»Martell weiß über mich Bescheid, er kennt sogar meinen Decknamen. Den kann er natürlich auch woanders erfahren haben, aber in Anbetracht der kurzen Zeit, die ich wieder im Dienst bin, kommt mir das unwahrscheinlich vor.«
»Martell muß mit seiner Information irgend etwas angefangen haben, sonst wüßten Sie ja nicht, daß er sie hatte.«
»Stimmt, Sir. Er wollte Fredericks, seinen augenblicklichen Boss, dazu bewegen, mich wenigstens vorübergehend aus dem Verkehr zu ziehen.« Ich überlegte eine Weile und fuhr fort: »Wir gehen scheinbar alle davon aus, daß Martell sich seit mindestens sieben Jahren mit einem mysteriösen Auftrag im Land befindet. Hat schon jemand die Möglichkeit erwogen, daß er vielleicht auf eigene Faust arbeitet?«
»Wie meinen Sie das, Eric?«
»Nun, er könnte doch wegen einer Weibergeschichte aus dem Geheimdienst gefeuert worden sein. Also kam er hierher und besorgte sich den Job als Leibwächter eines amerikanischen Gangsters, weil er sich darauf am besten verstand. Als Rizzi ins Gefängnis mußte, hat er sich einfach auf dem Markt umgesehen

und die höchstbezahlte Stelle angenommen. Das war zufällig bei Fredericks.«

»Und wie erklären Sie dann das, was mit Paul geschehen ist?«

»Natürlich paßt es Martell nicht, wenn Leute wie Paul oder ich herumschnüffeln – nicht etwa, weil er einen Geheimauftrag für die Gegenseite durchführt, sondern weil wir seine augenblickliche Identität als Jack Fenn gefährden.«

»Diese Theorie scheidet aus«, sagte Mac.

»Warum?«

»Zunächst sollten Sie selbst wissen, daß seine Auftraggeber mit Leuten, die schlecht gearbeitet haben, ziemlich rigoros umspringen. Da tauchen nur wenige später wieder als Stellungssuchende auf. Aber bis zu einem gewissen Grad haben Sie recht. Wir haben erfahren, daß Martell noch einmal in Ungnade gefallen ist, und zwar zwischen 1951 – damals war er in Berlin – und 1953, als er zum erstenmal unter dem Namen Fenn mit unserer Polizei in Berührung kam.«

»Woher haben Sie das?«

»Bei einem Mann wie Martell kann die Information nur von einer abgelegten Freundin stammen. Obgleich er normalerweise nicht viel trinkt, scheint er ein paarmal zu tief ins Glas geschaut zu haben. Die Frau berichtete, daß er sich von jemand ungerecht behandelt fühlte. Er drückte es so aus: ›Nur ein kleiner Fehler, und schon schicken sie dich nach Sibirien!‹ Mit Sibirien meinte er in diesem Fall Amerika. Er versuchte, damit Eindruck auf sie zu machen, daß er ihr erzählte, was für ein großer Mann er früher gewesen ist und was für einen Abstieg es bedeutet, daß er nun für einen kleinen Halunken wie Rizzi den Laufburschen spielen muß.«

Ich warf ein: »Das beweist immer noch nicht...«

»Da ist noch mehr«, sagte Mac. »Das Mädchen bekam es mit der Angst zu tun, als er so über einen mächtigen Mann wie Rizzi sprach, und ließ sich das anmerken. Martell lachte sie aus und sagte, daß er – Fenn – nach Rizzis Meinung für ihn arbeitete, in Wirklichkeit sei es jedoch genau umgekehrt... Als er wieder nüchtern wurde, prügelte er sie beinahe zu Tode. Er drohte ihr, sie umzubringen, wenn sie irgend etwas davon verlauten ließe, was er gesagt hat.«

»Wie ich Martell kenne, hat er das zweifellos ernst gemeint.«

»Sie hat es auch so aufgefaßt«, sagte Mac. »Aber zwischen New

York und Reno liegen über dreitausend Kilometer, und da schien sie sich allmählich sicherer zu fühlen. Sie hat in verschiedenen Bars mehr oder weniger laute Selbstgespräche geführt, und jemand hat das aufgeschnappt und an uns weitergeleitet.«
»Das hört sich schon anders an. Martell meinte also, Rizzi irgendwie auszunutzen. Interessant.«
»Sehr.« Nach einer Weile fuhr Mac fort: »Eric, ich habe mir die Tonbänder der Vernehmung genau angehört. Wenn man zwischen den Zeilen liest, kommt man zu dem Schluß, daß Martells ›kleiner Fehler‹ – schon der dritte in seiner Laufbahn – ihn um ein Haar Kopf und Kragen gekostet hätte. Dabei dürfte ihn nur der Umstand gerettet haben, daß sie jemand brauchten, der die Rolle eines harten, amerikanischen Gangsters überzeugend spielen konnte. Man ließ Martell also am Leben, aber man maßregelte und degradierte ihn und schickte ihn anschließend nach Amerika, damit er sieben Jahre lang über seine Sünden nachdenken und sich einen Ruf als Revolverheld sowie ein Strafregister zulegen konnte. Wofür?«
»Eine gute Frage«, sagte ich. »Von Rizzi geht er dann zu Fredericks. Wie heißt der gemeinsame Nenner für die beiden, falls es einen gibt?«
»Dreimal dürfen Sie raten.«
»Rauschgift.«
»Genau.«
Nach kurzem Zögern sagte ich: »Eine Freundin von mir hat an der mexikanischen Grenze etwas erlebt, das gut in dieses Bild passen könnte. Auf der Heimfahrt wurde ihr Wagen gründlich durchsucht. Das ist vorher nie passiert. Sie führt das darauf zurück, daß sie zufällig Sal Fredericks Tochter ist.«
Mac meinte trocken: »Sie haben ein besonderes Geschick, interessante und nützliche Freundschaften zu schließen, Eric.«
Ich überhörte die Unterbrechung. »Sie vertritt außerdem die Theorie, daß ihr Vater vielleicht versuchte, etwas über die Grenze zu schmuggeln, und daß sie in den Verdacht geriet, der Überbringer zu sein. Was halten Sie davon, Sir?«
»Die Theorie ihrer Freundin ist nicht von der Hand zu weisen ... Was wissen Sie über Heroin, Eric?«
»Daß es süchtig macht, Sir. Um auf das Erlebnis meiner Freundin zurückzukommen – sollte Fredericks neuerdings Schwierigkeiten haben, das Zeug über die Grenze zu schaffen?«

»Möglich.«
»Könnten diese Schwierigkeiten so ernst sein, daß jemand annimmt, er habe in seiner Verzweiflung die eigene Tochter als Kurier eingesetzt?«
»So ungefähr.«
»Handelt es sich vielleicht um eine größere Menge?«
»Um eine recht große. Man hat ihre Spur von Italien bis Mexiko verfolgt und die Grenzbeamten davon verständigt, daß die Sendung nach Norden unterwegs sei. Zweimal wurde das Zeug beinahe geschnappt, als er es auf seinen üblichen Kanälen ins Land zu schmuggeln suchte. Dabei haben sich ein paar kleine Fische im Netz verfangen, doch der Köder wurde nicht bei ihnen gefunden. Es heißt, er habe hier einen schwerwiegenden Fehler gemacht.«
»Welchen denn?«
»Er hat dort unten Helfer angeworben, die sich als unzuverlässig und bestechlich erwiesen. Bis heute hat sich der Mann geweigert zu bezahlen, obwohl seine Vorräte offenbar schwinden und seine Verteiler sich bereits beschweren. Statt dessen hat er einen seiner Fachleute nach Mexiko geschickt, um dieses Problem zu lösen; das ist anscheinend mißglückt, denn der Mann verschwand spurlos. Die meisten dieser Informationen stammen von einer anderen Regierungsstelle, die eng mit uns zusammenarbeitet.«
»Wie eng?« fragte ich. »Wenn ich im Dunkeln über einen Kerl stolpere, darf ich dann kräftig zuschlagen, oder besteht Gefahr, daß es einer von Mr. Anslingers netten jungen Männern ist?«
»Sie haben freie Hand«, sagte Mac. »Bis zu einem gewissen Punkt. Verständlicherweise wollen die Kollegen verhindern, daß der Koks hier in Umlauf gebracht wird. Außerdem hätten sie gegen ein paar handfeste Beweise gegen Salvatore Frederici alias Sal Fredericks in der Hand. Ich habe schamlos gelogen und sie davon überzeugt, daß wir genau wissen, was wir tun, und daß unser Auftrag Vorrang haben muß – aus nationalen Interessen. Das würde ich höchst ungern zurücknehmen, Eric.«
»Klar, Sir. Aber was, zum Teufel, sollen wir nun eigentlich tun?«
»Feststellen, was Martell vorhat«, sagte Mac. »Selbst wenn er in Ungnade gefallen ist, wird man einen Mann seines Kalibers nicht an eine völlig unwichtige Aufgabe verschwenden. Ich brauche Ihnen wohl nicht zu versichern, daß eine Klärung unseres Problems auch im Interesse Ihrer Familie liegt, vor allem, wenn es

Ihnen gelingt, unseren Kollegen die erforderlichen Beweise gegen Fredericks zu liefern. Nach den mir vorliegenden Berichten dürfte sich für Logan und seine Angehörigen das Leben weitaus friedlicher gestalten, sobald Fredericks aus dem Wege geräumt ist.«

»Mich brauchen Sie davon nicht zu überzeugen, Sir«, entgegnete ich steif. »Übrigens macht mir die Sorge um Logan keine schlaflosen Nächte, und Ihnen wahrscheinlich auch nicht. Bei Beth und den Kindern ist das natürlich etwas anderes, soweit es mich betrifft. Bin ich berechtigt, notfalls Schutzmaßnahmen zu treffen?«

»Aber nur notfalls«, sagte Mac. »Vergessen Sie nicht, Sie haben weder den Auftrag, Ihre Familie zu schützen, noch Sal Fredericks zu erledigen, so wünschenswert das wäre. Ihre Hauptaufgabe ist vielmehr, uns über Martells Auftrag Klarheit zu verschaffen...«

»Was meinen denn unsere hilfreichen Kollegen?«

»Sie glauben, Martell sei nur als Ersatz für den Fachmann engagiert worden, der aus Mexiko nicht zurückgekehrt ist.«

»Da muß ich widersprechen, Sir.«

»Beweise?«

»Keine Beweise, nur ein Verdacht. Mag sein, daß Martell als Ersatz eingestellt wurde, aber ich bezweifle, daß er nach Mexiko geschickt werden soll. Er ist zu neu, und ich habe nicht das Gefühl, daß Fredericks ihm über den Weg traut – jedenfalls nicht bei einem solchen Objekt. Es gibt einen anderen Mann, dem Sal weitaus mehr vertraut.«

»Logan?«

»Ja, Sir. Für mich ist Martell für Fredericks nur eine Rückversicherung, damit Logan kuscht, wenn er ihn unter Druck setzt. Immerhin hat er gerade erst einen Leibwächter in Mexiko verloren. Und das ist eigentlich recht interessant, wenn man es sich genau überlegt.«

»Was meinen Sie damit?«

»Martell braucht einen Job. Fredericks' engster Vertrauter verschwindet und macht den Posten frei. Könnte es da eine Verbindung geben?«

»Daran habe ich auch schon gedacht. Diese Möglichkeit wird gerade untersucht.«

»Jedenfalls hat Fredericks Martell als Leibwache eingestellt«,

sagte ich. »Trotzdem glaube ich, daß er für den Mexiko-Auftrag den Herzog haben möchte.«
»Und die Gründe?«
»Es paßt einfach alles zusammen. Warum setzt er sonst draußen auf der Ranch Frauen und Kinder unter Druck? Ich werde Beth auf den Zahn fühlen, glaube aber, daß ich recht habe.«
»Das scheint mir eine seltsame Wahl zu sein. Warum ausgerechnet einen Mann, mit dem er sich nach meinen Informationen gerade zerstritten hat, einen Mann, der allen Grund hat, ihn zu hassen?«
»Sie verstehen eben diese Gentleman-Abenteurer wie Mr. Logan nicht. Er hat Prinzipien und zieht gewisse Grenzen. Heutzutage die große Ausnahme: ein Mann, der sein Wort hält. Wenn der Herzog sagt, er fährt nach Mexiko und kommt wieder zurück, dann tut er das auch, und Fredericks weiß das. Er braucht also nur noch den Herzog rumzukriegen, daß er es ausspricht.«
»Dieser Logan muß ein interessanter Bursche sein«, meinte Mac.
»Sehr interessant. Haben Sie einen weiteren Mann hergeschickt?«
»Ja.«
»Dann verständigen Sie ihn bitte sofort. Ich brauche einen sicheren Platz, wo ich vorübergehend etwas aufbewahren kann, und jemand, der darauf aufpaßt. Ich setze mich in zwanzig Minuten mit ihm in Verbindung.«
»Das läßt sich wohl machen.« Er gab mir eine Telefonnummer. »Bitte schreiben Sie sich eines hinter die Ohren, Eric. Gehen Sie wenigstens halbwegs legal vor, wenn Sie Martells Auftrag rausgekriegt haben. Wir müssen doch unsere lieben Kollegen bei Laune halten. Vergessen Sie das nicht, besonders, falls Sie sich auch noch Fredericks vorknöpfen müssen.«
»Ich käme mir verdammt albern vor, wenn ich versuchen würde, jemand zu verhaften.«
»Ihre Gefühle sind für die Regierung bedauerlicherweise völlig uninteressant«, entgegnete Mac gemessen.
»Das habe ich schon immer vermutet«, sagte ich. »Trotzdem nett, es mal offiziell bestätigt zu kriegen... Ach ja, das hätte ich doch beinahe vergessen. Eine Kleinigkeit.«
»Und die wäre?«
»Zwei Widerlinge sind kürzlich rechtswidrig in ein Wohnhaus in Reno eingedrungen.« Ich gab ihm die Adresse. »Sie wurden von

einem Hund, der der abwesenden Hausherrin gehört, angefallen und getötet. Der Hund wurde schwer verletzt und mußte von der ersten Person, die den blutigen Schauplatz erreichte, erschossen werden. Die Polizei sucht erfolglos nach der Eigentümerin des Tieres. Können Sie das einrichten?«
»Ich denke doch. Wenn ich Sie recht verstehe, soll das an die große Glocke.«
»Ja, Sir. Besonders die Tatsache, daß die Hausherrin vermißt wird. Möglichst über Radio und Fernsehen. Und derjenige, der den Hund erschießen soll, müßte wohl besser erfahren, daß das bereits erledigt ist.«
»Aha. Ihre Kleinigkeiten haben's in sich, Eric.«
»Ganz hübsch, wie? Auf Wiederhören, Sir.«

17

Ich klopfte an die Schlafzimmertür. Beth kam heraus. Über ihre Schulter hinweg sah ich Moira, die vor dem Spiegel stand und ihr Haar mit Kamm und Bürste bearbeitete.
»Du weißt genau, worum es geht, nicht wahr, Matt?« fragte Beth.
»Was Fredericks vom Herzog will? Das war nicht schwer zu erraten, wenn man über Fredericks' augenblickliches Gewerbe, Logans frühere Tätigkeit und noch ein paar andere Dinge im Bilde ist.«
»Zunächst war es ein rein geschäftlicher Vorschlag. Larry sollte für seine Mühe mit einer großzügigen Provision entlohnt werden. Fredericks meinte, er hätte nichts dagegen, einem seiner eigenen Leute viel Geld zu bezahlen; er wollte sich nur nicht von einem Haufen Mexikaner erpressen lassen. Wenn er das einmal täte, dann würde er nie wieder eine Lieferung durchkriegen, ohne sich loskaufen zu müssen. Jemand sollte also hinfahren und den Leuten ... Raison beibringen. Larry weigerte sich natürlich. So was tut er seit Jahren nicht mehr. Außerdem findet er nichts so schmutzig wie ... Rauschgift.«
»Es geht doch nichts über hehre Prinzipien.«
Sie seufzte resignierend und fuhr fort: »Dann begannen die Drohungen. Und die ... Zwischenfälle. Reiter in den Bergen, die dort nichts zu suchen hatten. Betsy kam mit einem Dauerlutscher an, den ihr jemand geschenkt hatte, obwohl wir weit und breit

keinen Fremden gesehen hatten. Oder die Jungen trafen zwei freundliche Unbekannte, die ihnen einen fabelhaften neuen Reitweg zeigten. Sie kamen zwar unversehrt zurück und voller Begeisterung; aber was das zu bedeuten hatte, war uns klar. Wir leben seit Wochen wie... wie in einem Alptraum.«

»Verständlich. Na, wir werden dafür sorgen, daß das aufhört. Geh zurück zum Herzog. Ich möchte, daß ihr beide wieder auf die Ranch fahrt und euch nicht mehr wegrührt. Sag dem Herzog, daß ich einen Vorschlag für ihn habe, der sämtliche Probleme lösen dürfte. Ich glaube zwar nicht an unmittelbar bevorstehende Scherereien, fände es aber trotzdem besser, wenn er wenigstens vorübergehend auf sein Mittagsschläfchen verzichten würde.«

»Er hält doch gar keinen...« Sie stockte, wurde rot und sagte sanft: »Er ist sechsundvierzig, Matt.«

»Dann ist der Altersunterschied zwischen dir und ihm etwa genauso groß wie zwischen mir und der Kleinen da drin«, sagte ich. »Ganz aufschlußreich, wie? Jedenfalls soll er die Augen offenhalten, bis ich komme. Sag ihm, daß ich seine Gastfreundschaft nur ungern in Anspruch nehme, nachdem er mir so höflich die Tür gewiesen hat, es sei aber höchste Zeit, mit vereinten Kräften vorzugehen. Wo sind die Kinder?«

»Peter hat sie zur Jagdhütte eines Freundes in den Bergen gebracht. Clara – das Mädchen – ist bei ihnen, außerdem sind unsere drei Rancharbeiter mitgeritten. Sie sind bewaffnet und gute Schützen. Die Hütte ist nur mit dem Wagen oder zu Pferd zu erreichen. Peter hat den Landrover genommen.«

»Nun, die Gegenseite verfügt offenbar über Pferde, wie du sagst. Das ist entweder sehr gut oder sehr schlecht. Wenn eure Männer auf Draht sind, haben die anderen eine harte Nuß zu knacken. Sollte aber was passieren, dann dauert es Stunden oder sogar Tage, bis ihr es erfahrt. Denn da oben gibt es doch wohl kein Telefon.«

»Peter soll uns jeden Morgen um eine bestimmte Zeit Bericht erstatten.« Sie zögerte. »Larry hat das alles gestern abend beschlossen und sie heute früh losgeschickt.«

»Na, da haben wir ja noch genug Zeit. Fredericks' wirklich harte Burschen stammen wahrscheinlich aus der Stadt. Hier dreht sich's nicht darum, bloß ein bißchen in den Bergen rumzureiten und Frauen und Kinder zu erschrecken. Selbst wenn er das

Versteck kennt, wird es eine Weile dauern, bis er die geeigneten Leute für ein solches Unternehmen zusammengetrommelt hat.«

»Genau das meinte Larry auch.«

»Ich glaube, daß diese Schweinerei hier weggeräumt wird, ohne daß jemand Ärger kriegt.«

Sie stotterte verlegen: »Ich... wir sind dir sehr dankbar. Das war ein furchtbarer Fehler...«

»Spar dir deine Dankesbezeigungen. Ich würde keinen Finger rühren, um dem Herzog aus der Klemme zu helfen – schon gar nicht bei einer solchen krummen Tour. Und sein Strafregister dürfte wohl auch keine weiteren Zusammenstöße mit der Polizei vertragen, selbst wenn er heute den ehrbaren Rancher spielt. Zufällig liegt mir aber daran, diese Nachricht publik zu machen, ohne daß sein Name erwähnt wird, und das ist wieder mal sein Glück. So, und jetzt verschwinde, Mrs. Logan...«

Als ich das Schlafzimmer betrat, war Moira mit ihrer Frisur fast fertig. Ihr Haar lag glatt und schimmernd aufgesteckt um den Kopf und bildete einen bemerkenswerten Kontrast zu den nackten Beinen und den flotten blauen Shorts.

Ohne mich anzusehen, fragte sie: »Wer ist Eric?«

Ich betrachtete das Telefon im anderen Zimmer. »Kleine Mäuschen haben große Ohren.«

»Ich habe nicht gelauscht. Fenn hat dich in Dads Büro ›Eric‹ genannt, und seitdem mache ich mir Gedanken... Das ist dein Deckname, nicht wahr?«

»Stimmt. Und laß dir gesagt sein: Als Eric bin ich ein ganz gemeiner Hund.«

Sie lächelte meinem Spiegelbild schnippisch zu. »Du meinst, ich könnte tatsächlich einen Unterschied feststellen?«

Doch es war nicht mehr so wie früher, und wir wußten es beide. Manchmal können zwei Menschen einfach davonlaufen und irgendwo ein verborgenes Versteck finden, aber die Welt wartet auf ihre Rückkehr. Na ja – uns hatte sie jedenfalls wieder. Schade...

»Pack ein paar Klamotten zusammen, du mußt hier weg. Es könnte noch jemand auf die gleiche schlaue Idee kommen wie der Herzog, und es wird immer brenzlig, wenn eine große Verbrecherorganisation auseinanderbricht.«

Sie drehte sich um und sah mich an. »Aha. Du unternimmst also jetzt was gegen Dad.«
»Sagen wir lieber, daß ich etwas unternehme.« Nach kurzem Zögern sagte ich: »Ich möchte gern, daß du in Sicherheit bist, Kleines.«
Sie sah mich eine Weile unverwandt an, dann zuckte sie die Achseln. »Na schön, wenn du meinst...«
Fünf Minuten später hatten wir das Haus verlassen. Es bedeutete zwar ein Risiko, im Motel vorbeizufahren, aber ich wollte meinen kleinen Revolver und ein paar Patronen haben; außerdem brauchte ich ein sauberes Hemd. Nichts geschah, und niemand verfolgte uns.
Nachdem ich mich davon überzeugt hatte, daß die Luft rein war, ließ ich sie an einer Tankstelle halten. Während der Tankwart sich mit dem Mercedes beschäftigte, ging ich zum Münzfernsprecher. Mac hatte ganze Arbeit geleistet. Die Stimme am anderen Ende der Leitung erklärte mir den Weg und sagte, daß uns dort jemand erwarten würde. Ich revanchierte mich mit ein paar Anweisungen.
Als ich zum Wagen zurückkam, saß Moira auf dem Beifahrersitz. »Ich dachte, du würdest ihn vielleicht gern mal steuern«, sagte sie, während ich hineinkletterte.
Ich ließ den Motor an, schaltete den Rückwärtsgang ein, kurvte um einen anderen Wagen herum, der gerade tankte, und jagte den kleinen Renner durch die vier Gänge nach oben.
»Schwindler«, sagte Moira. »Du hast schon mal einen gefahren. Und ich wollte dir was Gutes tun.«
»Ein Mercedes macht immer wieder Spaß.«
»Ich habe gehört, was du mit Mrs. Logan gesprochen hast«, sagte sie. »Das klingt so, als ob Dad ihnen wirklich schwer eingeheizt hätte.«
»Er ist ein guter Stratege und erkennt die schwachen Stellen seines Gegners. Normalerweise bedroht man einen Mann wie Herzog Logan nicht auf dem Umweg über seine Kinder, auch dann nicht, wenn er sich vom Geschäft zurückgezogen hat. Dabei würde nämlich folgendes passieren: Eines Nachts geht das Telefon, und eine leise Stimme mit britischem Akzent sagt: ›Hör mal, alter Junge, falls Peter irgend etwas zustoßen sollte, müßte ich dich persönlich dafür verantwortlich machen, das weißt du doch?‹ Das ist die natürliche Reaktion eines Mannes mit dieser

Schulung. Und Fredericks würde wissen, daß der Herzog es wortwörtlich meint. Die Handlanger deines Vaters könnten nach Lust und Laune in den Bergen herumreiten und drohende Gesichter machen – sobald sie wirklich zuschlagen, würde der Herzog nicht den Bruchteil einer Sekunde mit seinem Sohn verplempern, sondern das seinen Leuten überlassen. Er selbst aber würde sich in seinen Jaguar werfen und mit einem Schießeisen unter der Achsel in die Stadt jagen, und das wäre kein Bluff. Nein, dein Vater hätte keine Chance, Logan unter Druck zu setzen, solange es nur um den Jungen ging.«
»Ich begreife nicht, was seine Heirat daran ändern...«
»Man kann nicht jedesmal wutschnaubend in die Stadt stürzen, wenn irgendein mysteriöser Fremder einem kleinen Kind einen Dauerlutscher schenkt. Diese Zermürbungstaktik muß man eben über sich ergehen lassen. Der Herzog konnte das, und sein Sohn fand es wahrscheinlich nur furchtbar aufregend wie im Kino. Meine Kinder wiederum sind zu jung, um sich darüber den Kopf zu zerbrechen. Beth aber hat bis vor kurzem ein behütetes, zivilisiertes Leben geführt. Ihre Nerven taugen nicht für den kalten Krieg. Deshalb setzt Fredericks nach und nach seine Daumenschrauben an, ohne jedoch die Grenze zu überschreiten, die den Herzog wirklich auf den Kriegspfad locken könnte. Unterdessen verliert die Herrin der Ranch vor lauter Sorgen beinahe den Verstand, was sie vermutlich ihrem kampfbereiten Ehemann nicht verheimlicht. Fredericks kann er auslachen, aber sie nicht, denn er liebt sie.«
»Die Frau trifft er, und den Mann meint er – wirklich abscheulich von Dad, nicht wahr?«
»Allerdings.«
Sie warf mir einen raschen Blick zu. Anscheinend hatte meine Stimme einen seltsamen Unterton, der mir nicht aufgefallen war. Ich jagte den Mercedes den Hügel hinauf.
Das Haus lag mitten in den Bergen: eine kleine Ranch mit Scheunen und Pferchen, anscheinend ausgestorben. Wir hielten in dem staubigen Hof, und Moira riß sich lachend das Kopftuch vom Haar.
»Wenn du mir deine Fahrkünste wieder mal vorführen willst, bestelle ich mir Sicherheitsgurte«, erklärte sie.
Ich sagte kein Wort und wartete; meine Hand hielt den Revolver in meiner Tasche umklammert. Die Haustür öffnete sich, und ein

junger Mann kam heraus. Er gab mir ein vereinbartes Zeichen, und ich zog die Hand aus der Tasche. Ich langte nach hinten, um Moiras Koffer vom Notsitz zu holen. Dann half ich ihr heraus.

Während wir zusammen auf das Haus zugingen, sagte sie: »Meine Güte, sieht das trostlos aus! Hoffentlich muß ich hier nicht lange bleiben.«

Ich antwortete nicht. Der Mann, der uns begrüßt hatte, stand entsprechend meinen Anweisungen bereits am Telefon. Ich schloß die Tür und stellte den Koffer ab. Er bedeutete mir, daß die Verbindung hergestellt sei.

»Ich hab dir einmal was versprochen«, sagte ich zu Moira.

»Was denn?«

»Daß ich dich nicht mal um deine Hilfe bitten würde, wenn es hart auf hart ginge.« Es fiel ihr wieder ein, und sie machte ein leicht verstörtes Gesicht. »Dein Vater ist am Telefon. Er ist schon etwas in Sorge, weil er im Radio gehört hat, daß du vermißt wirst. Ich werde jetzt mit ihm reden. Moira, das ist keine Bitte, sondern ein Befehl: An einer bestimmten Stelle unseres Gesprächs wirst du einen Schrei ausstoßen, einen richtigen, lauten Schrei. Das wird ihn davon überzeugen, daß ich es ernst meine. Was auch stimmt. Du täuschst ihn nicht freiwillig, sondern weil dir nichts anderes übrigbleibt. Merk dir das für später.«

Sie wich einen Schritt zurück und riß die Augen entsetzt und ungläubig auf. Ich packte sie mit eisernem Griff. Der junge Mann winkte mich mit einer dringlichen Geste ans Telefon.

18

Ich brauste in dem kleinen Mercedes davon. Wenn ich später mit dem Wagen gesehen wurde – um so besser. Dann wußte Fredericks wenigstens, daß ich nicht geblufft hatte. Ich hatte ihm mitgeteilt, daß ich die Autobesitzerin als Geisel festhielte, damit er in ganz bestimmten Punkten keine Dummheiten machte.

Ich fand den Weg zur Doppel-L-Ranch über Nebenstraßen. Dazu brauchte ich zwei Stunden. Ich erreichte die Ranch etwa um die gleiche Zeit am Nachmittag wie beim erstenmal. Das

Bild war auch ungefähr das gleiche, nur schien kein menschliches Wesen in der Nähe zu sein. Beths Buick parkte abfahrbereit vor der Haustür. Ich hielt hinter ihm und ließ den Auspuff des Mercedes ein paarmal knattern.

Dann stieg ich aus und vertrat mir die Beine. Die Haustür flog auf, und Beth stürzte aufgeregt heraus. Abrupt blieb sie stehen und starrte mich überrascht an.

»Matt«, rief sie. »Ich dachte...«

Ich kapierte nicht gleich. Aber sie wirkte so durcheinander und schuldbewußt, daß es dafür einen Grund geben mußte. Als mein Blick auf den Mercedes fiel, erinnerte ich mich an den Krach, den ich bei meiner Ankunft verursacht hatte. Dann schaute ich hinüber zum Fuhrpark. Der Landrover fehlte. Nun, Peter Logan hatte darin die Kinder zu der Berghütte transportiert. Aber der grüne Jaguar war ebenfalls nicht da.

»Wo ist er?«

»Matt, ich...«

Ich hätte sie am liebsten durchgeschüttelt. »Wo ist er hingefahren?« fragte ich scharf.

Schweigen.

»Spielt auch keine Rolle – du hast ihn jedenfalls nicht so früh zurückerwartet. Beth, wo hast du ihn hingeschickt?«

»Ich habe nicht...«, sie stockte. »Es war nur... ein alberner Streit...« Wieder verstummte sie. »Ich konnte ihn nicht aufhalten«, flüsterte sie.

»Er ist also in die Stadt zu Fredericks gefahren? Dieser verdammte Narr! Denkt er, es handelt sich hier um einen Wildwestfilm? Ich hab dir doch gesagt, ihr sollt euch beide nicht von der Stelle rühren.«

»Nein, du irrst dich. Er ist nicht...«

Ich betrachtete sie forschend. »So ist das also. Ich glaube, jetzt verstehe ich. Wo ist das Telefon?«

Sie sah mich kurz an, machte kehrt und rannte ins Haus. Ich eilte ihr nach und nahm das Telefon im Flur ab. Während sie neben mir stand, meldete ich das Ferngespräch an und ließ die ganze alberne Routine über mich ergehen. Zum Teufel mit den Sicherheitsvorschriften! Den verdammten Code konnten sie doch morgen ändern. Wahrscheinlich würden sie das sowieso tun. Endlich hatte ich Mac in der Leitung.

»Wo haben Sie gesteckt?« begrüßte er mich. »Wir haben versucht,

Sie zu erreichen.«
»Schießen Sie los.«
»Mir liegt hier ein Bericht vor, nach dem Lawrence, alias Herzog Logan, in einem grünen Jaguar mit der Nummer YU 2-174 in südöstlicher Richtung unterwegs ist. Ein Polizeiwagen in Arizona versuchte, ihn zu stellen, kam aber kaum nahe genug heran, um die Nummer lesen zu können. Ich zitiere den Beamten: ›Du liebe Zeit, wenn der Kerl jetzt noch die dritte Raketenstufe zündet, geht er in eine Umlaufbahn!‹ Offenbar hatten sie an die zweihundert drauf, als er ihnen davonflitzte. Kommentar?«
Nach einem Blick auf Beth wußte ich plötzlich genau, was passiert war. Ein alberner Streit, hatte sie gesagt. Mit ihr Krach zu kriegen, bei dem Töpfe und Pfannen flogen, war schwer; aber einen Mann bis zur Weißglut reizen, das konnte sie schon. Ich hatte da so meine Erfahrung und verstand Logan recht gut.
»Die Flitterwöchner haben vermutlich ihren ersten Ehekrach gehabt, Sir«, sagte ich ins Telefon. Beth zuckte zusammen. »Wenn ich mich nicht irre, ist er kurz vor dem Durchdrehen. Sehr gefährlich bei diesem ruhigen, kühlen Typ. Er wird aus dem Haus gestürzt sein, um einen Auftrag zu übernehmen, der ihm nicht liegt, und hofft zumindest im Unterbewußtsein, vorher verhaftet zu werden oder sich mit Hilfe des Jaguars ins Jenseits zu befördern. Aus eigenem Antrieb wird er jetzt nie und nimmer innehalten. Wehe dem, der ihm in die Quere kommt!«
Beth blickte mich aus großen, waidwunden Augen an. Ich hörte Macs Stimme: »Die Polizei wollte schon eine Straßensperre errichten, aber andere Dienststellen hatten das spitzgekriegt und eingegriffen. Im Augenblick verfolgt man wie bei einer ferngelenkten Rakete lediglich seine Spur, doch er muß jede Sekunde an der Grenze eintreffen. Sie brauchen dort dringend einen Rat.«
Nach kurzem Zögern sagte ich: »Es wäre Wahnsinn, ihn schon auf dem Hinweg zu stoppen.«
»Der Meinung sind wir hier auch. Und auf der Rückfahrt? Falls er wirklich zurückkommt... Erinnern Sie sich an seinen Vorgänger...«
»Auf den Herzog verwette ich mein ganzes Geld. Wenn er

sich nicht mit seiner Karre den Hals bricht, bringt ihn auch kein mexikanischer Desperado zur Strecke.«
»Ihr Rat?«
»Das hängt davon ab, ob sie ein paar Kilo Koks oder einen gewissen Sal Fredericks schnappen wollen.«
»Alles gut und recht, Eric, aber Sie vergessen doch nicht, daß wir nicht hinter Fredericks her sind?«
»Keineswegs, Sir. Mir schmeckt bloß der Gedanke nicht, einen Mann wie Martell mit direkten Methoden zum Reden zu bringen; selbst dann nicht, wenn ich ihn allein, lebend und am geeigneten Ort zu fassen bekäme – was an sich schon eine kühne Annahme ist. Hat er Rizzi für seine Zwecke benutzt, so macht er höchstwahrscheinlich mit Fredericks das gleiche. Schnappen wir ihm also Fredericks vor der Nase weg und sehen wir, was passiert.«
»Falls man ihn auf der Rückfahrt mitsamt seiner Ladung durchläßt – können Sie garantieren, daß das Zeug auch ordnungsgemäß abgeliefert wird?«
»Garantieren? Entschuldigen Sie den harten Ausdruck, aber das ist doch Geschwätz.«
Ich hörte, wie er über dreitausend Kilometer entfernt tief seufzte.
»Ich weiß. Ich wurde aber angewiesen, diese Frage zu stellen.«
»Es ist natürlich ein Risiko, und vielleicht geht alles schief; in dem Falle würden viele schöne Träume mit tausend Prozent Gewinn verkauft werden. Wenn sie Herzog Logan mit seiner Ladung festhalten, kriegen sie eben nur ihn und den Stoff – weiter gar nichts. Lassen sie ihn durch, so eröffnen sich beachtliche Möglichkeiten. Mehr kann ich dazu nicht sagen.«
»Haben Sie einen bestimmten Plan?«
»Wie könnte ich? Der Herzog ist abgehauen, bevor ich ihn dazu überreden konnte, das für uns zu tun, was er von sich aus tut. Ich konnte überhaupt noch nicht mit ihm sprechen. Ich muß ihn irgendwie abfangen, bevor er das Zeug abliefert, und das wird schwierig werden, weil ich die Einzelheiten nicht kenne. Er muß aber was vereinbart haben, sonst wüßte er nicht, an wen er sich dort wenden soll und wem er den Koks hier zu bringen hat... Einen Augenblick bitte.«
Ich hatte Beth die ganze Zeit beobachtet. Sie wirkte jetzt ein wenig entspannter und sagte hastig: »Ich... ich weiß etwas, das vielleicht helfen könnte. Ich habe gehört, wie er telefonierte.«
Ich nickte. »Wir haben offenbar einen Hinweis. Ich will mal

sehen, was sich machen läßt, falls er zurückkommt.«
»Und ich schaue, was ich hier tun kann. Alles weitere hängt ja wohl von Mr. Logan ab, meinen Sie nicht?«
»Stimmt, Sir.« Seufzend legte ich den Hörer auf.

19

Ich sah Beth an. »Was hast du zu ihm gesagt?« fragte ich. »›Wenn den Kindern was zustößt, werde ich dir das nie verzeihen!‹ Etwas in der Preislage?«
»Ich wollte doch nicht...«
»Nein, natürlich nicht.«
»Ich habe nie von ihm verlangt, daß er Fredericks nachgeben soll. Du glaubst doch nicht etwa... Mir wäre nicht im Traum eingefallen, daß er es tun würde. Ich wollte das nicht. Ich habe nur...«
»Du hast nur die Tragödin gespielt«, sagte ich. »Er hat alles getan, was in seiner Macht stand – bis auf eins. Er hatte die Kinder in Sicherheit gebracht, so gut er konnte. Ja, er hatte sogar versucht, sich Moira Fredericks als Geisel zu verschaffen. Damit ist er ganz hübsch weit gegangen, aber du hast ihm die Hölle heiß gemacht, stimmt's? Als dieser Plan vereitelt wurde, konntest du es nicht mehr aushalten und hast ihm erklärt, was passieren würde, wenn... Als ob er das nicht genau gewußt hätte... Das hat das Faß zum Überlaufen gebracht. Er hat dich angesehen, den Telefonhörer abgehoben und gesagt: ›Hier Logan. Sie haben gewonnen. Ich mache mit.‹«
»Bitte, schau mich nicht so an«, flüsterte Beth. »Matt, was sollen wir jetzt tun?«
»Es wird uns schon was einfallen«, sagte ich beinahe mitleidig. »Aber zuerst muß ich was in den Magen kriegen. Ich habe seit dem Frühstück keinen Bissen mehr gegessen.«
»Wir haben noch kalten Braten«, sagte sie schließlich. »Und vielleicht ein paar gekochte Kartoffeln. Ich könnte dir Bratkartoffeln machen. Die magst du doch?«
Komisch, daß sie sich daran erinnerte. »Gern. Wenn du nichts dagegen hast, hole ich mir was zu trinken aus dem Wohnzimmer. Hast du eine Straßenkarte da?«
»Ja, der Atlas liegt auch im Wohnzimmer. In dem Regal unter dem Fenster.«

Kurz darauf brachte sie ein Tablett mit Essen und Eiswürfeln ins Wohnzimmer. Ich sah von dem Atlas auf, als sie Eis in meinen warmen Whisky tat.

»Wonach suchst du, Matt?«

»Ich will ausrechnen, wann er frühestens wieder hier sein kann. Wann ist er abgefahren?«

Sie schaute auf die Uhr. »Vor... vor einer ganzen Weile.«

»Anzunehmen, wenn er jetzt bereits in Arizona ist. Hoffentlich hält er dieses mörderische Tempo durch, sonst müssen sie ihn stückweise in den Südweststaaten zusammenklauben.«

Ihr stockte der Atem. »So was darfst du nicht sagen, Matt.«

»Entschuldige. Warum hast du ihn überhaupt geheiratet, Beth?«

»Ich hatte ihn sehr gern«, begann sie stockend. »Und dann... machte er mir einen Heiratsantrag. Aber vorher hätte er mir noch etwas zu sagen... Er sagte es mir. Alles.«

»Toller Bursche«, sagte ich.

»Selbstverständlich war ich entgeistert«, fuhr sie fort. »Larry sah mir an, was ich dachte. ›Entschuldige, meine Liebe‹, sagte er, ›ich verlange natürlich zuviel von dir.‹ Dabei wirkte er genauso deprimiert wie du damals... Ich brachte es nicht noch einmal übers Herz, verstehst du das? Du meinst natürlich, ich hätte dich im Stich gelassen. Aber ich glaube immer noch, du hattest kein Recht zu erwarten... Vielleicht hätte ich ihn doch nicht heiraten sollen. Ich... ich eigne mich eben nicht für solche Dinge.«

Ich betrachtete sie stirnrunzelnd und überlegte mir, ob diese Theorie etwas für sich hätte. Ach, zum Teufel, das war schließlich ihre Sache... Gähnend legte ich den Atlas beiseite und begann zu essen. Ich hätte nichts trinken dürfen. Der Whisky brachte mir nur zum Bewußtsein, wie übermüdet ich war. Als Beth wieder zu sprechen begann, schien ihre Stimme von weither zu kommen.

»Was hast du gesagt?«

»Was hast du eigentlich mit dem kleinen Luder angefangen. Das da draußen ist doch ihr Wagen, nicht wahr?«

Keine angenehme Frage. Ich sah plötzlich Moira vor mir, wie sie mir zuflüsterte: »Ich habe dich gefragt, auf wessen Seite du stehst, und du hast mich geküßt. Ich habe dich gefragt, warum wir hierhergefahren sind, und du sagtest, du wolltest mich in Sicherheit bringen. Sicherheit!« Der verächtliche Tonfall klang mir noch in den Ohren.

»Ich habe das kleine Luder gegen eine Sicherheitsgarantie für die

Kinder eingetauscht. Wenn Peter morgen früh kommt, sag ihm, daß er sie wieder nach Hause bringen kann.«
Beth runzelte die Stirn. »Ich verstehe nicht...«
»Ich habe ein Plagiat begangen, worauf ich nicht besonders stolz bin. Logans Plan war gar nicht übel – bis auf die Durchführung. Ich habe einfach weitergemacht.«
»Du meinst...«
»Genau. Sie wird in einem Versteck festgehalten. Fredericks ist darüber informiert, daß alles, was er meinen Kindern antut, ihr ebenfalls passiert. Offenbar habe ich ihn davon überzeugt, daß es mir Ernst damit ist.« Ich holte tief Luft. »Mit anderen Worten: Die Kinder sind aus der Gefahrenzone. Jetzt ist das nur noch ein Spiel für Erwachsene.«
Beths sorgenvolle Miene hellte sich auf. »Aha. Ich glaube nicht, daß sie ihren Vater besonders schätzt, aber dich scheint sie sehr gern zu mögen. Da hat sie vermutlich freiwillig...«
»Ich habe sie gar nicht darum gebeten«, unterbrach ich sie.
»Wie hast du es denn dann geschafft?«
»Ich habe ihr den Arm umgedreht, bis sie schrie. Ein sehr überzeugender Schrei. Jedenfalls hoffe ich, daß Fredericks ihn abgekauft hat.«
Beth starrte mich entsetzt an. »Das kann nicht dein Ernst sein! Die Kleine liebt dich doch. Sie hätte alles getan...«
Wie sollte ich ihr das bloß klarmachen? Wir sprachen nicht die gleiche Sprache. »Hör mal zu – dieses kleine Luder, wie du sie nennst, hat beinahe biblische Ansichten in Sachen Familie. Du sollst Vater und Mutter ehren und so weiter. Ihr Vater ist zufällig ein Gangster, ihre Mutter eine hoffnungslose Alkoholikerin. Doch das spielt für sie ebensowenig eine Rolle wie ihre nicht gerade innige Liebe zu ihrem Vater. Er ist trotz allem ihr Vater, und damit basta. Was soll ich da machen? Soll ich sie zärtlich küssen und sie bitten, die Menschheit zu retten, indem sie sich mit mir verbündet, dem Vertreter der Gerechtigkeit? Soll sie sich ihr Leben lang mit Selbstvorwürfen herumquälen, weil sie mitgeholfen hat, ihren Vater ins Zuchthaus oder auf den elektrischen Stuhl zu bringen? Nein, den verrenkten Arm hat sie in ein paar Tagen vergessen, die Gewissensbisse aber würde sie bis zu ihrem Tode mit sich herumschleppen. Sie haßt mich, aber das schadet ihr nicht weiter – im Gegenteil. Wahrscheinlich erleichtert es ihr das Ganze.«

Beth war sprachlos. Was man seinen Mitmenschen seelisch antut, war ihr offenbar gleichgültig, Hauptsache, man verrenkt ihnen nicht den Arm. Endlich erholte sie sich von ihrem Entsetzen.

»Aber wenn du das Mädchen festhältst, ist doch alles in Ordnung, nicht wahr? Dann braucht Larry nicht mehr... Wir können sie austauschen...«

»Wofür?« konterte ich. »Glaubst du etwa, Fredericks rennt zum nächsten Polizeirevier und unterschreibt dort ein beglaubigtes Geständnis, nur weil ich seine Tochter irgendwo festhalte? Sei doch nicht kindisch! Ich habe unsere Kinder vorläufig freigekauft, weiter nichts. Bilde dir bloß nicht ein, daß Fredericks nicht alles tut, um zurückzuschlagen. Mit Moira Fredericks als Geisel gewinnen wir nur etwas Zeit und Bewegungsfreiheit.«

»Und was ist mit Peter?« fragte sie rasch.

Ich zuckte die Achseln. »Was geht mich Peter Logan an? Er ist volljährig und außerdem nicht mein Sohn.«

»Heißt das, daß du nicht...«

Ich holte tief Luft. »Es war ein einfacher Handel, Beth. Ich mußte mich klar und simpel ausdrücken, damit ein Kerl wie Fredericks es kapierte und glaubte. Auge um Auge, Zahn um Zahn – etwas von dir gegen etwas von mir. Wenn ich versucht hätte, Gott und die Welt einzubeziehen, hätte er den Bluff durchschaut. Für Peter bin ich nicht verantwortlich, und Fredericks weiß das. Über seinen Sohn soll sich der Herzog den Kopf zerbrechen, okay?«

»Nein!« protestierte sie wütend.

»Na schön, das ist jedenfalls die Abmachung«, erklärte ich. »Besser als gar nichts, oder? Was ist nun mit dem Hinweis, den du bei Logans Telefongespräch aufgeschnappt hast?«

Ein empörter Blick. »Ich hab doch nicht gelauscht...«

»Meinetwegen. Du hast also nur zugehört. Und was bitte?«

Mühsam beherrscht entgegnete sie: »Es handelt sich um die alte Buckman-Hütte. Nach Larrys Rückkehr wollen sie sich dort treffen.«

»Aha. Und wo liegt die alte Buckman-Hütte?«

»Man fährt etwa fünfundzwanzig Kilometer die Straße zurück, die du gekommen bist. Da ist die Abzweigung in den Buckman-Canyon. Sie zieht sich kilometerlang hin und stößt draußen in der Wüste wieder auf die Hauptstraße...«

»Zeig mir das mal auf der Karte.«

Danach trat ich ans Fenster. Draußen war es noch immer taghell.

Ich war wie ausgehöhlt. Manchmal packt es einen einfach. Ich hätte den Whisky nicht trinken sollen. Ich versuchte, über den nächsten Schritt nachzudenken, aber mein Gehirn bestand nur aus Watte. Zum Glück hatten wir es nicht eilig. Selbst im günstigsten Fall konnte Logan unmöglich vor morgen früh zurück sein.

Ich schlenderte zu dem Gewehrständer an der Wand. Ein recht nettes Sortiment von Jagdwaffen. Da war eine leichte, doppelläufige Schrotflinte, Kaliber 16, offenbar englisches Fabrikat; ich nahm sie herunter, fand zwei passende Patronen und lud beide Läufe. Dann reichte ich Beth die Flinte und zeigte ihr, wie sie sie entsichern konnte. »Ich muß dich nämlich bitten, eine Weile auf mich aufzupassen. Fredericks oder Fenn könnten auf dumme Gedanken kommen, und wozu ein Risiko eingehen? Ich ruhe mich inzwischen auf dem Sofa aus, damit ich den Herzog fit empfangen kann. Wann wird es hier hell?«

»Ich glaube, gegen vier, aber...«

»Weck mich um drei, falls ich noch schlafe. Und jetzt hör bitte genau zu: Du bleibst hier bei mir in diesem Zimmer und behältst das Gewehr in der Hand oder im Schoß, wenn du lesen willst. Sobald du irgendein verdächtiges Geräusch hörst, entsicherst du die Waffe, wie ich's dir vorhin gezeigt habe. Beim ersten Anhaltspunkt dafür, daß wirklich was faul ist, drückst du ab. Aber ziel nach Möglichkeit so, daß du nicht allzuviel Schaden anrichtest.«

»Aber...«

»Ich weiß, die Möbel!« unterbrach ich sie. »Hoffen wir, daß dir das erspart bleibt. Wenn nicht, tust du genau, was ich dir gesagt habe. Nicht schreien, nicht umdrehen und ja nicht hinausgehen, um selber nachzusehen, sondern einfach ein Loch in die Wand schießen. Der Krach zwingt den Eindringling, Deckung zu nehmen, und weckt mich auf, so daß ich in Aktion treten kann. Solltest du aus irgendeinem Grund das Zimmer verlassen müssen, weckst du mich vorher. Alles klar?«

»Ich... ich denke schon. Matt?«

»Ja?«

»Und was ist mit... Larry?«

»Wie meinst du das?«

»Was wird aus ihm? Die Polizei hat nichts für ihn übrig und mißtraut ihm, obwohl er schon jahrelang hier lebt. Wenn in

Reno irgend etwas bei Fredericks los ist, würden sie sofort herkommen und ihn in die Zange nehmen ...«

»Er hätte sich eben nicht so in der Nähe zur Ruhe setzen sollen.«

»Da kennst du Larry schlecht. Es ist nicht seine Art, davonzulaufen und sich irgendwo zu verstecken. Was wird mit ihm werden, Matt? Sie lauern doch nur darauf, daß er Scherereien kriegt, um ihn ...«

»Die hat er schon«, sagte ich. »Er schmuggelt eine große Menge Heroin über die Grenze, und das ist verboten.« Ich sah sie durchdringend an. »Du hast ihn wirklich gern, nicht wahr?«

»Er ist ein großartiger Mensch. Schließlich war es meine Schuld ... Wenn es nicht meinetwegen gewesen wäre ... Ich würde alles tun, um ihm zu helfen.«

Als ich sie ansah, wurde sie rot. Ich grinste. »Dieses Angebot solltest du wiederholen, wenn ich weniger müde bin.« Ich küßte sie brüderlich auf die Lippen. »Mach dir nicht zuviel Sorgen, Beth. Wir lassen Leute, die uns helfen, nicht im Stich – trotz aller persönlicher Differenzen.«

Ich ging zum Sofa, legte meinen Revolver griffbereit und suchte mir ein bequemes Kissen. Dann streifte ich die Schuhe ab und war sofort eingeschlafen.

Als ich aufwachte, war Martell da.

20

Eigentlich weckte mich das Telefon. Ich hörte es weit weg klingeln und wollte nur weiterschlafen. Dann war ich plötzlich hellwach und fragte mich, wo sie sein mochte und warum sie nicht an den Apparat ging. Vorsichtig griff ich nach meinem kleinen Smith and Wesson. Der Revolver war verschwunden.

»Immer mit der Ruhe, Freundchen«, sagte eine Männerstimme. Ich erkannte sie sofort, obwohl ich sie nur einmal in Fredericks' Büro gehört hatte.

Ich schlug die Augen auf – da saß er vor mir in dem großen Sessel gegenüber dem Sofa, eine großkalibrige Selbstladepistole auf den Knien.

Beth kauerte mucksmäuschenstill auf der Sessellehne. Er hatte den linken Arm um sie gelegt und hielt sie fest; seine linke

Hand befand sich genau dort, wo man es von einem solchen Kerl in einer solchen Situation erwartet.
Die englische Schrotflinte stand wieder an ihrem Platz. Die beiden Patronen, die ich in den Lauf geschoben hatte, lagen auf einem Tisch in der Nähe, um mir zu zeigen, daß sämtliche tollkühnen Pläne in der Richtung zwecklos waren. Er war wirklich ein Profi und dachte an jede Kleinigkeit.
»Das Messer«, sagte er. »Keine Fisimatenten bitte.«
Das hat man davon, wenn man zwei Ganoven wie Tony und Ricky seine besten Tricks zeigt. Aber bei ihm wäre ich damit wahrscheinlich doch nicht durchgekommen. Ich langte vorsichtig in die Tasche und holte das Messer mit Daumen und Zeigefinger heraus.
»Laß es auf den Teppich fallen!«
Ich gehorchte.
»Heb's auf, Herzogin.« Er ließ sie los. Sie stand unsicher auf. Da gab er ihr einen ermunternden Klaps auf die Kehrseite. »Na los, bring's schon her, Herzogin.« Er grinste.
Als eine zweite Männerstimme pflichtschuldigst lachte, merkte ich erst, daß wir noch einen Gast hatten. Ein gewöhnlicher Schlägertyp mit einer schiefen Nase in dem breiten, brutalen Gesicht.
»Das Telefon, Fenn«, sagte er.
»Was ist mit dem verdammten Telefon?«
»Klingelt immer noch.«
»Ich weiß«, sagte Martell. »Natürlich geht dir das auf die Nerven, aber versuch's noch ein paar Minuten zu ertragen, ja?« Er gab Beth einen Stoß. »Los, Herzogin, hol das Messer.«
Beth bewegte sich so ungeschickt, als ob sie zum erstenmal hochhackige Schuhe anhätte. Neben dem Sofa blieb sie stehen und sah auf mich herunter.
»Es ... es tut mir leid, Matt.«
»Schon gut.« Weit und breit waren keine Kampfspuren zu erkennen. Die beiden waren einfach hereinspaziert, wahrscheinlich durch die offene Arbeitszimmertür neben dem Kamin, und hatten ihr die geladene Büchse abgenommen, bevor sie sich überwinden konnte, zu schießen. Ich hätte vorher wissen müssen, daß es sich im Ernstfall genauso abspielen würde. Ich hatte zuviel von ihr verlangt.
»Ich ... ich konnte nichts dafür«, flüsterte sie.

»Schon gut.«
Ihre Lippen formten lautlos ein Wort. »Peter.«
Hinter ihr wurde Martell ungeduldig: »Na, wird's bald mit dem Messer?«
Sie zwinkerte mir verzweifelt zu, um mir klarzumachen, daß noch jemand draußen war, und wiederholte den Namen, während sie sich bückte. Dann brachte sie Martell das Messer. Er betrachtete es kurz und steckte es ein.
»Aufstehen«, befahl er mir. Ich gehorchte und fuhr in meine Schuhe. »Okay«, sagte er. »Zuerst kommt das verdammte Telefon dran, damit Joey seine Ruhe hat. Du gehst ran, Herzogin. Wenn man dich fragt, warum es so lange gedauert hat, sagst du, du wärst draußen gewesen. Ihr seid beide eben reingekommen und habt das Klingeln gehört. Ein falsches Wort, und du wirst's bitter bereuen. Ist das klar? Und jetzt marsch!«
Er musterte mich immer noch wachsam. Aber ich hatte keine Eile. Hätte er uns gleich umbringen wollen, so wäre dazu reichlich Gelegenheit gewesen. Er schonte uns vorläufig aus irgendeinem Grund – wozu also jetzt etwas riskieren?
Außerdem konnte der Junge die beiden ablenken, falls er tatsächlich draußen war. Ich erinnerte mich an Beths Äußerung, daß er sich jeden Morgen zu einer bestimmten Zeit melden sollte. Allerdings versprach ich mir nicht viel von seiner Hilfe. Das war kein Spiel für Halbwüchsige mit Cowboystiefeln.
»Das Telefon hat aufgehört, Fenn«, sagte Joey.
Martell lauschte. »Stimmt tatsächlich. Ist dir jetzt wohler, Joey?«
Sie starrten beide auf die Tür zur Halle, als ob sie nur darauf warteten, daß der Apparat wieder zu klingeln begann. In diesem Augenblick krachte es hinter uns, und die Tür des Arbeitszimmers schlug gegen den Kamin. Eine Jungenstimme befahl: »Pistole wegwerfen! Hände hoch!«
Wenn er jetzt auf den einen geschossen hätte, wäre ich mit dem anderen spielend fertig geworden. Aber ich hatte mich zu Recht auf den jungen Logan nicht allzu fest verlassen. Er war eben noch ein Kind, und Kinder reden viel.
»Keine Bewegung! Genauso stehenbleiben.«
Beth drehte sich um. »Peter, Gott sei Dank...!«
Für Dankgebete schien es mir etwas verfrüht. Ich hatte einen faden Geschmack im Mund. Amateurvorstellungen sind mir ein Greuel. Langsam wandte ich mich um.

Da stand er nun in seinen Cowboystiefeln und dem großen Hut, den treuen Karabiner in der Faust. Offenbar hatte es sein Vater verabsäumt, ihn über den Gebrauch von Schußwaffen aufzuklären. Dieser Erziehungsfehler konnte uns teuer zu stehen kommen.
»Wegwerfen, hab ich gesagt«, schnauzte er und zielte auf Martell. Der verzog das Gesicht zu einem amüsierten, nachsichtigen, beinahe mitleidigen Lächeln. Dann sah er mich an und schüttelte kaum merklich den Kopf, als ob er mich zum Zeugen dafür anrufen wollte, daß es nicht seine Schuld sei, sondern Notwehr. Der junge Logan redete immer noch. Er hatte einen ungeahnten Vorrat an eindrucksvollen Phrasen zur Verfügung. »Du da mit der Kanone! Ich mache keine Witze! Beeil dich, oder ich schieße!« Mit einem Klicken spannte er den Hahn, um seinen Worten Nachdruck zu verleihen.
Seufzend ließ Martell die Pistole fallen, und zwar mit der Mündung nach vorn; so konnte die Kugel nur in den Boden schlagen, falls sie dabei abgefeuert wurde. Diese Möglichkeit war dem Jungen offenbar gar nicht in den Sinn gekommen, weil im Fernsehen bei solchen Aktionen nie etwas passiert. Die Waffe polterte auf den Teppich und blieb liegen.
Ich wollte etwas sagen, dem Jungen einen Rat geben, hielt mich jedoch zurück. Er brauchte ja nichts weiter zu tun als abzudrükken. Aber das ist etwas, das man aus eigener Erfahrung lernen muß. Joey setzte sich bereits in Bewegung und vergrößerte vorsichtig den Abstand zwischen sich und Martell. Ich mußte mich jetzt entscheiden, ob ich eingreifen wollte oder nicht.
»He du! Stehenbleiben hab ich gesagt!«
Immer nur Worte. Martell bewegte sich ebenfalls. Sie standen jetzt schon so weit voneinander entfernt, daß der kleine Logan Mühe hatte, beide mit dem Gewehr in Schach zu halten. Der schwankende Gewehrlauf beschleunigte meinen Entschluß. Ich wollte nicht in diesen selbstmörderischen, sentimentalen Blödsinn verwickelt werden.
Sie manövrierten ihn geschickt aus. Ich konnte nicht alles beobachten. Als Joey zur Seite hechtete und nach dem Schulterhalfter griff, warf ich mich mit aller Kraft gegen Beth und riß sie mit zu Boden. Der Junge schoß seinen dämlichen Karabiner auf Joey ab – jetzt, wo er kein feststehendes Ziel mehr hatte, jetzt schoß er! Martell zog blitzschnell meinen kleinen .38er aus der Tasche und

feuerte zweimal. Joey jagte dem Jungen aus purer Gemeinheit eine dritte Kugel ins Fell, als er schon zusammensackte.
Beth rappelte sich auf und lief zu ihm. Martell stieß sie weg, weil er glaubte, sie wolle das Gewehr schnappen, und hob es auf. Sie fiel neben Peter Logan auf die Knie.
»Er lebt noch«, keuchte sie. »Er atmet noch ... Bitte, könnt ihr nicht etwas tun?«
»Fenn«, jammerte Joey, »Fenn, hörst du denn nicht? Das verdammte Telefon klingelt schon wieder.«

21

Joey schubste Beth vorwärts, nachdem er sie aus dem Wohnzimmer gezerrt hatte. Sie wollte protestieren, überlegte es sich und griff nach dem Telefon.
»Ja. Ja, hier spricht Mrs. Logan.« Dann zuckte sie überrascht zusammen. »Wer ist da? Mr. Fredericks?«
Martell nahm ihr den Hörer aus der Hand. »Hier ist Fenn, Mr. Fredericks«, sagte er und lauschte. Seine Waffe befand sich außerhalb meiner Reichweite und schwankte um keinen Millimeter. »Wir mußten einiges erledigen, bevor wir rangehen konnten«, sagte er. »Ja, Mr. Fredericks, alles klar ... Natürlich, Mr. Fredericks, ich höre.«
Sein Boss redete wie ein Wasserfall.
»Verstanden«, sagte Martell schließlich. »Vier bis fünf Stunden, denken Sie. Natürlich, Mr. Fredericks. Wir bereiten alles für ihn vor ... Nein, dafür brauchen wir keine Zeichnung, der macht uns schon keinen Ärger ... Was? Ja. Mr. Fredericks, das stellen wir auch noch fest. Klar, Mr. Fredericks, Sie können sich auf uns verlassen. Ja, Mr. Fredericks, ich verstehe. Ja, Mr. Fredericks. Kein Gramm wird fehlen, Mr. Fredericks, das verspreche ich Ihnen ... Ja, wir verständigen Sie so bald wie ... Ja, Mr. Fredericks.«
Er legte auf und spuckte lässig auf den Teppich. Sein Gesicht war verzerrt. Er fluchte in einer Sprache, die ich nicht verstand. Dann fiel ihm ein, daß er ja einen Gangster namens Fenn spielte.
»Schweinehund«, murrte er mit einem raschen Blick auf Joey. »Ich hätte ihm sagen sollen, daß er sich das verdammte Heroin in den ... Wo, zum Teufel, willst du denn hin, Herzogin?«
Sie sah ihn über die Schulter an. »Jemand muß doch ...«

»Wo steht das geschrieben?« fragte Martell unwirsch, von Kopf bis Fuß der Gangster Fenn. Für mich war das recht interessant. Es bedeutete, daß er nicht ganz sicher war, wie Joey seine wirkliche Identität aufnehmen würde. Er versetzte mir einen Stoß. »Los, raus zum Wagen, ihr beiden! Und macht keine Dummheiten, besonders du nicht, Kleiner. Mich hältst du mit deiner dämlichen Unschuldsmiene nicht zum Narren.«
Beth stammelte entgeistert: »Aber ihr könnt den Jungen doch nicht einfach ...«
Martell grinste ihr unverschämt ins Gesicht. »Nein, da hast du recht. Joey, nimm die Kanone und gib ihm den Rest ... Das hast du doch gemeint, Herzogin, nicht wahr?« Sie war totenblaß und starrte die beiden aus entsetzt aufgerissenen Augen an. Dann stieß sie einen halberstickten Schrei aus und rannte zur Tür. Martell lachte.
»Bleib ihr auf den Fersen, Joey. Ich paß inzwischen auf den hier auf.«
»Aber du hast doch gesagt ...« Joey hielt seinen Revolver schon in der Hand.
»Ach, zum Teufel mit dem Kleinen. Der läuft uns nicht davon. Verschwinden wir.« Martell winkte befehlend mit der Automatik. »Los, Kleiner, schön langsam, und keine Dummheiten.« Er grinste mich an, als ich an ihm vorbeiging. »Der Alte will ein paar Informationen von dir, aber das heißt noch lange nicht, daß du kugelsicher bist. Ich hab da so meine Spezialtricks.«
Damit war für mich eine wichtige Frage beantwortet: Warum ich noch lebte. Offenbar hatten wir einen langen, ereignisreichen Tag vor uns. Joey war draußen verschwunden. Ich schlenderte gemächlich auf die Tür zu und fragte, ohne mich umzudrehen: »Macht's Ihnen Spaß, Wladimir?«
Ich hörte ihn kichern. »Bin ich nicht ein prächtiger amerikanischer Gangster, Eric?«
»Die ausländische Pistole stört ein bißchen.«
»Keineswegs. Bei gewissen Herren soll dieses Modell recht beliebt sein. Sie müssen noch neu sein. Ich kann mich nicht erinnern, Ihr Dossier gesehen zu haben, und mein Gedächtnis ist vorzüglich.«
»Dafür kenne ich Ihres«, sagte ich.
»Ausgezeichnet. Dann wissen Sie wenigstens, daß ich es ernst meine, wenn ich Ihnen zu größter Vorsicht rate. Keine falschen

Bewegungen! Und keine Unterhaltung mit dem Neandertaler. Sollten Sie versuchen, seine patriotischen Gefühle auszunutzen, indem Sie mich als subversiven Agenten entlarven...«
»Hat er denn überhaupt irgendwelche Gefühle? Davon habe ich bisher nichts bemerkt.«
»Da tun Sie ihm Unrecht. Joey ist ein guter Amerikaner, sentimental bis auf die Knochen. Also kein Wort zu ihm – sonst muß ich Sie erschießen. Selbst auf die Gefahr hin, daß der widerliche Fredericks seine entzückende Tochter nie wiederkriegt. Wo steckt sie übrigens?«
»Vorerst in Sicherheit.«
Er lachte. »Aha. Nun, wir haben massenhaft Zeit, Eric. Das herauszufinden, wird uns das Warten verkürzen.«
Im Vorbeigehen warf ich einen Blick ins Wohnzimmer, wo der junge Logan vor dem Kamin lag. Er schien immer noch zu atmen. Draußen warteten Joey und Beth neben einer großen Chrysler-Limousine, die mir bekannt vorkam. Es war derselbe Wagen, in dem man mich am Tag zuvor zu Fredericks geschafft hatte.
»Sie fährt«, befahl Martell und deutete mit dem Kopf auf Beth. »Du kennst doch die Buckman-Hütte, Herzogin?« Er markierte wieder den Gangster Fenn. »Dort bringst du uns hin. Joey, paß auf sie auf. Ich setz mich mit dem Kleinen nach hinten.«
In der fahlen Dämmerung fuhren wir ab. War es wirklich erst vierundzwanzig Stunden her, daß ich mit einem Mädchen auf einem Hügel in der Wüste gestanden und durch mein Fernglas einen Hund auf der Kaninchenjagd beobachtet hatte? Jetzt war der Hund tot, das Mädchen haßte mich, und ich beobachtete Menschen auf Menschenjagd. Der Schauplatz war anders, das Drehbuch kaum. Ich hörte, wie Martell leise in sich hineinlachte.
»Dieser Herzog muß ein komischer Kerl sein«, sagte er. »Eins muß man ihm lassen: kalt wie eine Hundeschnauze. Der Alte hat's mir erzählt. Er hat's von einem seiner Leute, der die Szene an der Grenze miterlebt hat. Man hat ihn gefragt, ob er was zu verzollen hat. ›Klar‹, sagt der Herzog. ›Zwei Liter Tequilla und vier Liter Rum.‹ – ›Tut mir leid, Sir‹, sagt der Zollbeamte. ›Sie dürfen nur vier Liter Alkohol mitnehmen. Wir müssen Sie ersuchen, den Rest zurückzubringen oder wegzuschütten.‹ – ›Eine Schande, alter Freund, aber Gesetz ist Gesetz‹, sagt der Herzog, steigt aus, macht den Kofferraum auf und schüttet lässig den Tequilla weg. Steht einfach neben dem hochgeklappten

Deckel, und direkt vor ihm, im Reserverad, ist jede Menge Heroin. Unser Mann ist beinah übergeschnappt, aber der Herzog zuckt nicht mal mit der Wimper. Er schließt den Kofferraum, steigt wieder in seinen Düsenjäger, winkt huldvoll und braust ab.«

Joey fragte: »Im Reservereifen? Ein verdammt raffiniertes Versteck!«

»Immerhin hat er es geschafft. Der Alte sagt, er müßte in vier bis fünf Stunden hier sein bei dem Tempo, das er drauf hat. Paß auf die Straße auf, Herzogin.«

»Was werdet ihr mit ihm machen?« stieß Beth hervor.

»Fahr nur, Schätzchen«, sagte Martell. »Du kennst doch das Sprichwort: Wer viel fragt, kriegt viel Antwort. Und was soll man auf eine so dämliche Frage wohl antworten?«

Die alte Buckman-Hütte lag ein Stück von der Straße entfernt, und der niedrige Chrysler rumpelte schwerfällig über die Baumwurzeln.

Oben angelangt, stiegen wir aus und gingen hinein. Das kärgliche Mobiliar des sogenannten Wohnraums bestand aus einer Pritsche, einem Tisch und ein paar wackligen Holzstühlen. Daneben war eine Art Schlafkammer mit einer doppelstöckigen Koje, und durch die andere Tür sah man in eine Küche mit einem alten verrosteten Herd.

»Hierher, Herzogin«, befahl Martell. Er staubte einen Stuhl ab und führte sie hin. Dabei hielt er sie etwas länger und intensiver fest, als unbedingt nötig gewesen wäre. »Bleib sitzen und rühr dich nicht.«

Beth gehorchte und übersah seine Hand geflissentlich – ganz die wohlerzogene höhere Tochter. Hoffentlich war das nur Theater, denn ich brauchte sie bald in einer anderen Rolle.

Martell wandte sich mir zu. »So, jetzt spuck aus. Wo ist Miss Fredericks? Wo hast du sie versteckt?« Er blickte auf mich herab, zog seufzend ein Paar schweinslederne Handschuhe aus der Tasche und streifte sie langsam über. »Gib mir Rückendeckung, Joey«, sagte er, ohne sich umzudrehen. »Der hier ist mehr für die harte Tour...«

22

Es wurde ein langer, unerquicklicher Morgen, aber ich habe schon Schlimmeres erlebt. Martell war nicht so recht bei der Sache. Im Grunde genommen interessierte es ihn überhaupt nicht, wo ich Moira Fredericks versteckt hielt, und es eilte ihm auch gar nicht, das herauszufinden – zumindest jetzt noch nicht. Er vergnügte sich nur ein bißchen mit mir und versuchte, bei Beth in der Pose des großen, starken, unwiderstehlichen Schurken Eindruck zu schinden.

Ich bemühte mich, ihr ein Zeichen zu geben. Zwecklos. Sie ignorierte Martell und alles, was um sie herum passierte. Sehr damenhaft und sehr töricht. Wie wollte sie aus dieser Klemme herauskommen, wenn wir uns nicht zusammentaten?

Schließlich gelang es mir doch, den Kontakt herzustellen und ihr meine Idee zu verdeutlichen. Ihre Augen weiteten sich in ungläubigem Staunen und wanderten zwischen Martell und mir hin und her, als ob sie fragen wollte, ob ich das wirklich von ihr verlangte. Nach langem Überlegen straffte sie tapfer die Schultern, und nach einer weiteren Pause widmete sie sich ihrer arg derangierten Frisur.

Als er sie das nächste Mal ansah, reagierte sie mit einem kurzen, koketten Seitenblick und schaute rasch wieder weg. Ich atmete erleichtert auf. Selbst die Tatsache, daß Martell sich mir mit verstärkter Energie zuwandte, ermutigte mich. Anscheinend teilte er die Auffassung vieler Männer, daß eine Frau nichts so schätzt, als wenn er vor ihren Augen einen anderen Mann verprügelt.

Kurz nach acht gönnte er mir eine kleine Verschnaufpause, als er Joey draußen als Wache postierte.

»Logan nimmt vermutlich den kürzesten Weg durch den Canyon«, sagte Martell. »Aber verlaß dich nicht darauf. Vielleicht fährt er auch durch die Berge wie wir vorhin. Oder er parkt außer Sichtweite und schleicht sich zu Fuß heran. Paß also gut auf.« Er wartete, bis Joey gegangen war. Dann zog er die Pistole, kam auf mich zu und trat mir gegen das Schienbein. »Wo waren wir stehengeblieben? Ach ja, richtig. Ich wollte den Aufenthaltsort von Miss Fredericks...«

Aber vorerst war das Schlimmste überstanden. Ohne Joey mußte

er vorsichtiger sein und durfte nicht in meine Reichweite geraten. Außerdem war er zerstreut und abgelenkt. Er horchte ständig nach draußen.
Endlich näherte sich der Jaguar. Joey erschien in der Tür.
»Er fährt durch den Canyon.«
»In Ordnung«, sagte Martell. »Laß die Tür offen, komm her und halt dem Spaßvogel da deine Kanone unter die Nase. Was er weiß, kann uns egal sein. Sobald er sich muckst, durchlöcherst du ihn, kapiert?«
Joey zückte einen schweren Revolver mit einer riesigen Mündung – Kaliber .44 oder .45, zeigte ihn mir und trat hinter meinen Stuhl. Martell ging zu Beth und zog sie hoch. Jetzt, wo die Entscheidung bevorstand, war er sachlich und nüchtern.
»So, Herzogin, jetzt bist du dran.«
Wir hörten, wie der Jaguar aus dem Canyon abbog und auf dem primitiven Weg zur Hütte genau wie der Chrysler immer wieder auf dem Boden aufschlug. Martell riß Beth plötzlich den Arm auf den Rücken und preßte ihn zwischen die Schulterblätter.
»Joey«, sagte er.
»Ja.«
»Paß auf ihn auf. Um den kann ich mich jetzt nicht kümmern.«
»Mit dem Affen werde ich schon fertig«, sagte Joey. »Nimm du dir nur den Herzog vor. Aber sei vorsichtig, er ist mit allen Wassern gewaschen.«
Beth stöhnte leise, weil der Arm schmerzte. »Was wollt ihr denn...«
»Leg 'ne andere Platte auf, Herzogin, oder halt den Mund.«
Der Jaguar hatte draußen angehalten. Martell schob Beth in die Türöffnung. »Herzog!« rief er. »Herzog Logan!«
Kurze Pause. Hinter mir entsicherte Joey seinen Revolver. Dann hörte ich Logans leicht gedämpfte Stimme. »Kann dich verstehen, alter Junge«, sagte er. »Laut und deutlich.«
»Siehst du, was ich hier habe?«
»Ja.«
»Hol dein Schießeisen raus und wirf's auf die Erde. Eine unvorsichtige Bewegung, und ich schlage ihr das Rückgrat entzwei.«
Abermals Pause. Logan sagte nichts. Die Karten waren ausgeteilt, er wußte, worum es ging. Jetzt mußte er sein Blatt spielen. Das Schweigen schien ziemlich lange zu dauern. Dann das Klirren von Metall. Ich hätte mich anders entschieden, aber ich habe auch

noch nie etwas auf später verschoben, und Ritterlichkeit gehört nicht gerade zu meinen hervorstechenden Tugenden. Im Gegensatz zu mir war der Herzog ein Gentleman.
Martell reagierte blitzschnell. Er stieß Beth beiseite, zielte und feuerte einen Schuß ab. Unmittelbar nach dem Knall hörten wir das dumpfe, klatschende Geräusch, als die Kugel ihn traf, und dann einen Fall. Nun, er mußte gewußt haben, was ihn erwartete. Offenbar war ihm die Dame seines Herzens dieses Opfer wert.
Martell holte tief Luft. Ohne den Kopf zu bewegen, sagte er: »Noch einen Zentimeter weiter, Herzogin, dann brauchst du ein falsches Gebiß, und das wäre jammerschade. Joey?«
»Ja.«
»Wie steht's mit deinem Patienten?«
»Alles okay, Fenn.«
»Behalt ihn im Auge, aber komm hierher.«
Mit schlurfenden Schritten ging Joey um mich herum und näherte sich rückwärts der Tür.
»Herzogin.« Beth kauerte an der Wand, ihr Gesicht war kreideweiß, sie schwieg. Martell sagte scharf: »Du willst es nicht anders haben, Herzogin. Ich hau dir den Lauf in die Zähne. Antworte gefälligst, wenn ich dich was frage.«
»Was... was wollen Sie denn?«
»Geh rüber zu deinem Freund, nicht zu nahe, nicht zu weit. Wenn ich mich umdrehe, will ich fünfzig Zentimeter Abstand zwischen euch sehen, nicht mehr und nicht weniger. Sollte das nicht auf den Millimeter genau stimmen, Herzogin, bringe ich es mit einer Kugel in Ordnung. Das gibt ein lustiges Ratespiel, wen von euch beiden ich zuerst abknalle.«
Er hatte immer noch keine Bewegung mit dem Kopf gemacht. Mit schußbereiter Pistole spähte er durch die Tür. Er wartete, während Beth zu mir herüberkam.
»Sind jetzt beide drüben, Joey?«
»Ja.«
»Okay. Nun paß gut auf. Der da draußen spielt den Bewußtlosen, aber hat nur eine Kugel im Bein. Das Schießeisen liegt etwa einen Meter von ihm entfernt. Wahrscheinlich außer Reichweite, aber darauf darf man sich nicht verlassen. Komm hier rüber und sag mir, wenn du ihn im Schußfeld hast. Dann drehe ich mich um und übernehme die beiden. Okay?«

»Okay, Fenn, aber ... Warum nur ins Bein? Wozu das Theater mit so einem Kerl?«
»Red nicht soviel. Mach vorwärts – wird's bald?«
»Jetzt bin ich soweit.«
Martell wirbelte herum und richtete seine Pistole auf uns. Dann machte er einen Schritt zur Seite, damit er nicht mehr in der Schußlinie der Tür stand.
»Spielt er noch immer toter Mann?«
»Er rührt sich nicht.«
»Na schön. Geh raus und sag ihm, daß ich wieder auf die Dame ziele und losdrücke, sobald ich draußen das leiseste verdächtige Geräusch höre. Stoß sein Schießeisen aus dem Weg, pack ihn und schlepp ihn ins Haus. Hier legst du ihn auf die Pritsche. Los, beeil dich.«
Joey verschwand. Nach einer Weile tauchte er wieder auf, zerrte Logan im Krebsgang in die Hütte und wuchtete ihn auf die Pritsche. Logans Khakihose war oberhalb des Knies blutverschmiert. Joey hob das herunterbaumelnde Bein behutsam hoch und legte es neben das andere.
Martell sagte: »Okay, Joey. Jetzt geh raus und sieh dir den Kofferraum an. Bring alles mit, was du findest. Zum Beispiel ein Reserverad, in dem außer Luft noch was drin ist.«
Wir warteten. Logans schweres Atmen war das lauteste Geräusch im Zimmer. Er hatte die Augen noch nicht geöffnet, aber ich glaubte ebensowenig wie Martell, daß er bewußtlos war, obgleich es bestimmt kein Vergnügen war, mit einem gebrochenen Oberschenkelknochen so herumgeschleift zu werden. Dabei hatte er noch Glück gehabt, denn offenbar war keines der großen Blutgefäße getroffen.
Draußen ertönte hastiges Kratzen und Scharren, und Joey stürzte herein. »Fenn! Fenn, es ist nicht da!«
»Was ist nicht da?«
»Der Kofferraum ist leer. Bis auf vier Liter mexikanischen Rum. Keine Spur von dem verdammten Reservereifen.«

23

Logan atmete schwer und regelmäßig. Der Schock hatte ihn bewußtlos gemacht. Er hatte nichts gehört. Martell starrte Joey an und ging dann auf die Pritsche zu. Seine breiten Lippen verzogen sich zu einem tückischen Grinsen.

»Ich hab ja gehört, wie ausgekocht du bist«, murmelte er. »Aber das ist wirklich der Gipfel.« Er streifte Joey mit einem Blick. »Kapierst du jetzt, warum wir ihn leben lassen mußten? Für einen Mann von seiner Erfahrung kam er mir ein wenig zu unschuldig hier angebraust. Mir war klar, daß er noch eine Karte im Ärmel hatte ... Stehenbleiben, Herzogin!«

Beth keuchte: »Aber ich muß doch ... Er verblutet ja, wenn ich ihm nicht helfen darf.«

Martell betrachtete sie und nickte nachdenklich. »Da hast du recht«, sagte er.

Er langte in seine Tasche und zog mein kleines Messer heraus. Mit einem raschen Blick auf Joey vergewisserte er sich, daß sein Partner alles unter Kontrolle hatte. Joey nickte. Martell legte die Pistole beiseite, klappte das Messer auf und schlitzte mit der scharfen Klinge das Hosenbein des Herzogs auf. Aus der Einschußwunde quoll dick das Blut. Dann trat er zurück und wollte das Messer wieder zumachen. Bevor ich ihm erklären konnte, daß es in aufgeklappter Stellung arretiert, hatte er es zerbrochen und die beiden Stücke achtlos weggeworfen.

Wahrscheinlich geschah es mir recht, und doch wurde erst dadurch die Auseinandersetzung zwischen Martell und mir zu einer persönlichen Angelegenheit. Das wußte er auch. Er warf mir einen herausfordernden Blick zu. Ich unterdrückte meinen zornigen Impuls und besann mich gerade noch rechtzeitig auf meine Rolle des eingeschüchterten Gegners.

Martell lachte. »Na schön, Herzogin«, sagte er und deutete auf Logan. »Versorge seine Wunden, damit er sich noch eine Weile hält.«

Beth hatte unser stummes Duell beobachtet. Sie sah mich halb erstaunt, halb verächtlich an. Ich entsprach nicht ihren Erwartungen, weil ich keine tapferen, markigen Männerworte fand. »Ja«, sagte sie rasch zu Martell. »Natürlich.« Sie eilte zu der Pritsche, und ich hörte, wie sie den Atem anhielt, als sie die häßliche Wunde aus der Nähe sah.

Martell war einen Schritt zurückgetreten, um sie vorbeizulassen. Jetzt legte er ihr von hinten die Hände auf die Schultern. »Kein sehr heroischer Anblick, was?« Sie versuchte, seine Hände abzuschütteln, und schaute sich hilflos nach etwas um, womit sie die Blutung stillen konnte. Martell kicherte. »Na, wie wär's damit, Herzogin?«
Er packte den Kragen ihrer Bluse und riß sie mit einem Ruck entzwei. Beth schrie. Ein paar Knöpfe rollten auf den Boden. Martell ließ los, so daß zwei Fetzen bis auf die Taille hingen. »Jetzt hast du jede Menge Verbandzeug, Herzogin. Wenn du noch mehr brauchst, wird sich was finden.«
Er betrachtete sie entzückt, obwohl ich wahrhaftig nichts entdekken konnte, was diese Aufmerksamkeit verdient hätte. Auf mich wirkte der Striptease mit der zerrissenen Bluse alles andere als aufregend. Sie war ganz attraktiv, ja – aber keineswegs umwerfend.
Martell leckte sich genüßlich die Lippen. Selbst Joey bekundete ein gewisses primitives Interesse. »Beeil dich, Herzogin«, rief Martell.
Wortlos riß sie den Stoff in Streifen, legte geschickt den Verband an und wischte sich dann die Hände ab.
»Man müßte das Bein schienen«, sagte sie, während sie sich aufrichtete.
»Das schenken wir uns«, entgegnete Martell. »Er hat keinen weiten Weg mehr vor sich, verstehst du?« Er ergriff ihren Arm und genoß offensichtlich die Berührung mit der bloßen Haut. »So, Herzogin, wir beide gehen jetzt nach nebenan. Dort vergnügen wir uns so lange, bis dein Mann aufzuwachen geruht und uns verrät, was er mit dem Ersatzreifen angestellt hat.«
Beth starrte ihn fassungslos an. Ich weiß gar nicht, warum. Daß das kam, hätte sie wahrhaftig voraussehen müssen. Mit einem verzweifelten Ruck riß sie sich los und rannte zur Tür. Bei einem Amateur hätte sie vielleicht eine Chance gehabt, nicht aber bei Martell. Er hatte seine Schwäche, die in seinem Metier gefährlich werden konnte, doch er verstand sein Geschäft. Ohne einen Blick an Beth zu verschwenden, zog er die Pistole und trat einen Schritt zurück, um Logan und mich in Schach halten zu können.
»Hast du sie, Joey?« fragte er.
»Ja.«
»Hau ihr eine runter«, befahl Martell.

»Klar.«
Das war saubere Teamarbeit. Martell kümmerte sich um Logan und mich, während Joey sofort die Tür absicherte. Beth war direkt in ihn hineingelaufen. Jetzt hielt er sie mit der linken Hand von sich weg und versetzte ihr zwei schallende Ohrfeigen.
»Das reicht. Wäre schade um ihre hübsche Larve, nicht wahr, Joey? Keine Sorge, du kommst schon noch zum Zuge. Paß auf die beiden Helden auf, ich nehm sie inzwischen mit nach hinten und...«
Beth schluchzte hilflos. Weniger vor Schmerzen als vor nacktem Grauen. Das ging mir auf die Nerven. Ich will wirklich nicht den hartgesottenen Agenten markieren, aber ich hatte stundenlang Prügel eingesteckt, Logan lag mit einem schwerverletzten Bein auf der Pritsche, wir alle schwebten in Lebensgefahr, wenn wir nicht richtig zusammenarbeiteten – und sie machte ein solches Theater um eine vergleichsweise Bagatelle.
Ich hatte mich darauf verlassen, daß sie Martell im geeigneten Moment aufs angenehmste beschäftigen und ablenken würde, damit ich inzwischen Joey, dessen Erfahrung in krassem Mißverhältnis zu seiner Intelligenz stand, propagandistisch bearbeiten konnte. Doch dieser Gedanke war ihr nie gekommen. Und wenn, dann hatte sie ihn weit von sich gewiesen. Ein koketter Blick, eventuell ein Lächeln, aber wer konnte ernstlich von ihr verlangen, mit diesem ordinären Kerl nach nebenan zu gehen und... Schwamm drüber – von ihr hatte ich jedenfalls keine Hilfe zu erwarten. Alles hing jetzt nur von mir ab.
Joey hielt Logan und mich in Schach. Martell packte Beth beim Arm und zerrte sie quer durch den Raum.
»Bitte!« Sie schrie und wehrte sich verzweifelt. »Nein, bitte, bitte...!«
Wie konnte eine erwachsene Frau nur eine so alberne Schau abziehen? Doch auf den Herzog verfehlte sie nicht ihre Wirkung. Er gab es auf, den toten Mann zu spielen, obwohl diese Taktik reelle Chancen gehabt hätte.
»Nicht nötig«, sagte er, öffnete die Augen und richtete sich auf. »Den Ersatzreifen, den Sie suchen, finden Sie genau achteinhalb Kilometer von hier – da ist auf der südlichen Straßenseite eine Schlucht. Sie werden wohl ein Stückchen hinabklettern müssen. Räder pflegen nämlich zu rollen.«

24

Joey brauchte eine knappe halbe Stunde. Endlich hörten wir den Chrysler. Joey stürzte herein, den Ersatzreifen liebevoll an die Brust gepreßt. Behutsam legte er ihn auf den Tisch.

An einer Seite hatte er offenbar den Reifen schon von der Felge gelöst. Jetzt zog er den Gummi weg und holte eine luftdicht verschlossene Blechdose heraus, stellte sie vor sich auf den Tisch und langte in die Tasche nach einem Schraubenzieher.

Martell legte eine Hand auf die Dose und hielt mit der anderen Joeys Handgelenk fest. Joey blickte überrascht und gekränkt auf.

»Überlaß das mir«, sagte Martell.

»Okay, okay!«

Martell nahm den Schraubenzieher und stemmte den Deckel hoch. »Verdammt noch mal, du sollst auf sie aufpassen«, sagte er scharf.

»Okay, okay.« Joey fixierte uns gehorsam.

Martell bohrte den Zeigefinger tiefer als nötig in das Pulver – anscheinend suchte er etwas.

»Na, wie ist das Zeug?« fragte Joey, ohne den Blick von uns zu wenden.

Martell hatte Erfolg gehabt – ich merkte es seinem erleichterten Gesicht an. Er zog den Finger heraus, leckte das weiße Pulver ab und spuckte aus. »Nicht schlecht«, sagte er. »Nicht mal sehr verpanscht.« Er setzte den Deckel wieder auf die Dose und drückte ihn mit der Faust fest. »Wieviel sind's denn?«

»Ich hab sie nicht gezählt. Der ganze Reifen ist voll.«

»Schieb das Ding wieder rein und bring den Reifen in Ordnung. Fredericks ist verdammt mißtrauisch. Wenn er merkt, daß wir ihn aufgemacht haben, glaubt er sicher, wir hätten uns mindestens eine Ladung verpaßt. Als ob ich den Mist überhaupt anrühren würde!«

Joey zögerte. »Fenn.«

»Ja?«

»Das ist 'ne ganz schöne Menge Koks. Was kriegt man denn dafür? 'nen Tausender pro Unze?«

»Na und?«

»Ich hab nur gedacht...«

»Denken ist Glückssache, mein Junge. Du wirst mir doch keine Dummheiten machen, Joey?«

»Nein, aber...«
»Dann schieb die Dose wieder in den Reifen und hör auf zu träumen. So, und jetzt paßt du wie ein Schießhund auf die beiden Burschen auf. Ich habe noch was zu erledigen... Herzogin!«
Beth hob mit einem Ruck den Kopf. Martell stellte sich neben sie, musterte sie abschätzend und leckte sich die wulstigen Lippen.
»Gehst du freiwillig oder muß ich dich rüberzerren?« fragte er.
»Du bist doch jetzt ein erwachsenes Mädchen. Willst du etwa, daß ich dich vor den Augen deiner Ehemänner wie ein schreiendes, zappelndes Baby über den Fußboden schleife? So ist's brav.«
Sie erhob sich in Zeitlupentempo. Ein kurzer Blick auf Logan, der mit schweißüberströmtem Gesicht dalag und unverwandt die Decke anstarrte. Ein längerer galt mir. Vermutlich erwartete sie von mir mit meinen zwei gesunden Beinen noch einen ritterlichen Endspurt, bevor Joeys Revolver mich dahinraffte. Nach ein paar Schritten blieb sie wieder stehen.
»Larry«, flüsterte sie. »Matt.«
Keiner sagte ein Wort. Sie ging weiter. Plötzlich bewegte sich Logan. Ich hörte das Klicken, als Joey seinen Revolver entsicherte, und auch Martell hatte die Pistole in der Hand. Logan sank ächzend auf die Pritsche zurück. Sein Gesicht war grau und naß.
»Helm«, keuchte er. »Um Himmels willen!«
Ich sah nach wie vor nicht ein, daß ich mich deswegen abknallen lassen sollte. Wenn ich es damit hätte verhindern können, dann vielleicht. Doch das konnte niemand, und der Gedanke, aus lauter Edelmut für nichts und wieder nichts zu sterben, hat mich noch nie begeistert.
»Sie sind jetzt der Ehemann. Wenn Sie unbedingt den Heldentod sterben wollen – bitte.«
»Ich kann nicht... Wir werden alle sterben, wissen Sie das nicht?«
»Das weiß ich seit Jahren«, sagte ich. »Trotzdem dränge ich mich nicht danach.«
Joey kicherte. Er setzte sich an den Tisch und stützte die Hand mit dem Revolver auf den Ersatzreifen.
»Nur los, Fenn. Viel Spaß. Mit den beiden werde ich schon fertig.«
Martell sagte im schönsten Fenn-Ton: »Schade, Herzogin, niemand will für dich den Heldentod sterben.«
Beth straffte die Schultern und marschierte stolz aufgerichtet ins Schlafzimmer. Er folgte ihr und schloß die Tür. Es dauerte nicht

lange. Ich konnte nicht einmal ein Gespräch mit Joey anknüpfen – das hätte zu überhastet gewirkt.
Dabei war er durchaus aufnahmebereit. Ich hätte ihn bei seiner Habgier packen können, die er eben verraten hatte, und das Ganze gewürzt mit einem Appell an seinen Patriotismus. Allein die Mitteilung, daß ich für die Regierung arbeite, hätte ihm einen gehörigen Schrecken eingejagt. Doch zu all dem ließ sie mir keine Zeit.
Gefolgt von Martell erschien sie wieder. Er machte ein wütendes, unzufriedenes Gesicht. Von ihrem aber war deutlich abzulesen: Meinen Körper hast du gehabt, du Schuft, aber meine Seele nicht... Dieses erhebende Bewußtsein würde in ihr fortleben – vorausgesetzt, daß sie überhaupt am Leben blieb. Bei dem jetzigen Stand der Dinge waren die Aussichten für uns alle nicht sehr rosig.
»Okay, Joey«, sagte Martell. »Jetzt bist du dran.« Er strich sich mißmutig über die Haare. »Gib auf das obere Bett acht, sonst haust du dir ein Loch in den Schädel.«
Beth stand mit unverändert steinernem Gesicht da. Joey sah sie flüchtig an. Es war schwer zu sagen, was in seinem schwerfälligen Gehirn vorging. Vielleicht hatte er genau wie ich Martells ersten Blick bemerkt und hielt es für besser, den Reifen nicht aus den Augen zu lassen. Außerdem war ihm wohl klar, daß der Casanova Fenn nebenan nicht gerade das Abenteuer seines Lebens gehabt hatte. Und so fand er den Aufwand nicht der Mühe wert. Allerdings möchte ich die Möglichkeit nicht ausschließen, daß er einen gewissen Anstand besaß. Beth war für ihn eine Frau aus einer anderen Welt, und er blieb lieber bei seinesgleichen.
»Ich passe, Fenn«, sagte er.
Martell schien überrascht und verärgert. Er verkniff sich eine scharfe Entgegnung und zuckte die Achseln. »Wie du willst. Ich kann dir verraten, daß du nicht viel versäumst.« Er gab Beth einen Stoß. »Setz dich wieder dorthin.«
Joey sah auf die Uhr. »Wir sollten Mr. Fredericks anrufen und ihm sagen, daß wir das Rad haben, bevor er ungeduldig wird.«
»Freilich. Aber erst erledigen wir unseren Auftrag.« Er baute sich vor mir auf und trat mich heftig gegen das Schienbein. Er schien ein besonderes Geschick zu haben, immer wieder die gleiche Stelle zu treffen. Ich zeigte ihm, wie weh das tat. »So, Freundchen, jetzt wird's ernst. Wo steckt Miss Fredericks?«

»Ich denke nicht daran, das...«
Nun eröffnete Martell den Angriff: Boxhiebe, Fußtritte, Handkantenschläge. Ich ging in Deckung und wich aus, so gut ich konnte – auch das hier war nur ein Scheinmanöver. Martell benutzte mich als Prügelknaben für sein Mißgeschick bei Beth. Oder er wollte Zeit zum Nachdenken gewinnen.
In Kürze würden wir uns eine Zigarette anzünden, oder er schickte Joey um eine Zange hinaus. Bei seiner Rückkehr bekam er vielleicht eine Kugel verpaßt – aus meinem Revolver, damit es später besser aussah, oder aus Logans Waffe, aber die lag ja irgendwo draußen. Auf jeden Fall war in dem Reifen außer Heroin noch etwas, und das wollte Martell haben, ohne daß Joey nachher darüber schwatzen konnte. Da Joey dummerweise abgelehnt hatte, sich mit Anstand zurückzuziehen, schwebte er in der gleichen Lebensgefahr wie wir alle.
Als ich einem wohlgezielten Schwinger auswich, ging ich mitsamt dem zusammenkrachenden Stuhl zu Boden. Vergebens wartete ich auf den nächsten Fußtritt. Statt dessen hörte ich ein hohes, schrilles Gelächter. Ich blickte auf. Beth war aufgestanden und starrte auf mich herab, beide Hände vor den Mund gepreßt. Langsam ließ sie sie wieder sinken und kicherte.
»Seht ihn euch an«, flüsterte sie. »Seht ihn euch doch bloß an, diesen großen, gefährlichen Mann. Das ist der Mann, von dem ich mich scheiden ließ, weil... weil ich mich vor ihm fürchtete. Ausgerechnet!«
Was sollte ich darauf antworten? Möglichst würdevoll rappelte ich mich wieder hoch. Dann zuckte mir eine Idee durch den Kopf, und ich machte eine schwache Geste des Protestes.
»Aber Beth...«
»Aber Beth!« äffte sie mich nach und trat einen Schritt vor.
»Aber Beth«, wiederholte ich sanft. »Du bist aufgeregt wegen...«
»Aufgeregt!« Sie schnappte nach Luft und funkelte mich wütend an. »Weswegen wohl? Soll man sich darüber etwa nicht aufregen? Und was hast du getan, um es zu verhindern? Dagesessen hast du und verkündet, du wolltest kein toter Held sein.«
Ich beobachtete sie genau, weil ich auf ein Zeichen, einen kleinen Hinweis hoffte, daß sie diese Szene nur spielte. Irrtum – sie meinte es auf eine überdrehte Art absolut ernst, jedes einzelne Wort. Also mußte ich mich danach richten.

Martell hatte sich in die Nähe des Tisches zurückgezogen und stand nun hinter mir. Mit einem Blick stellte ich fest, daß er feixte. Sie hatte ihn gedemütigt, jetzt war ein anderer dran, und das gefiel ihm. Er fand die Szene erheiternd und wollte sie für eine Weile genießen. Auch Joey hielt sie für komisch, war jedoch besorgt wegen der Zeitvergeudung. Fredericks würde ungeduldig werden – und es war nicht ratsam, ihn warten zu lassen.
»Aber Beth, was sollte ich denn tun?« fragte ich.
Sie trat noch einen Schritt auf mich zu. »Was du tun solltest? Na, überhaupt etwas. Egal was. Larry hätte etwas getan, wenn er nur gekonnt hätte.«
Ich wich zurück und entgegnete aufgebracht: »Larry hat deinetwegen schon eine Kugel ins Bein bekommen. Vielleicht wäre er dumm genug gewesen, sich deinetwegen auch noch umbringen zu lassen.«
»Ja«, zischte sie. »Du hättest das natürlich dumm gefunden, nicht wahr, Darling?«
Ich bleckte die Zähne – sie sollte das als diabolisches Grinsen werten – und konterte giftig: »Warum keifst du eigentlich so, Herzblatt? Larry liegt mit einem zerschmetterten Bein da. Ich bin vier Stunden lang verdroschen worden. Darf ich mir die Frage erlauben, was, zum Teufel, dir passiert ist? Nichts, das sich schlimmstenfalls mit einer kleinen Routineoperation oder mit ein paar Penicillinspritzen beheben ließe; falls du die Geschichte unbedingt hochspielen willst, kannst du ja auch noch einen guten Psychiater konsultieren. Was gibt dir überhaupt das Recht...«
Es funktionierte. Ich war nicht gerade stolz darauf. Hoffentlich war ich nie wieder gezwungen, eine solche Taktik anzuwenden. Diesmal hatte ich die friedfertige Beth an ihrem wunden Punkt getroffen: Sie stürzte sich auf mich, spuckte und kratzte, biß und trat. Ihr Vorrat an Schimpfworten war beachtlich und offenbar unerschöpflich.
Ich ging in Deckung und wich zurück. Martell hinter mir lachte herzlich. Plötzlich verstummte er, doch er konnte seinen Fehler nicht wiedergutmachen. Er hatte vergessen, daß ich als gefährlich galt. Auf diese Panne hatte ich hingearbeitet und einen hohen Preis dafür gezahlt, aber es lohnte sich. Als er seinen Irrtum erkannte, war es zu spät. Ich war schon zu nahe.
Ich kippte den Tisch gegen Joey. Der schwere Jaguarreifen rutschte prompt herunter und traf ihn genau vor die Brust. Ich

drehte mich um. Martell riß gerade seine Pistole aus dem Schulterhalfter. Ich machte die Finger steif und stieß sie ihm wie einen Dolch in die Magengrube – das ist schlimmer als ein Fausthieb. Gelähmt brach er zusammen, und ich nahm ihm die Pistole ab. Nach einem Schuß auf Martell warf ich mich zu Boden, und Joeys Kugel pfiff über mich hinweg. Ich war so nahe, daß ich auf seinen Kopf zielen konnte. Meine erste Kugel hinterließ ein kleines, rundes Loch, die zweite verursachte schon mehr Schaden.
Ich richtete mich auf. Martell schien noch zu atmen. Ich behielt ihn im Auge, aber zunächst galt meine Hauptsorge Joeys Schuß. Beth saß auf dem Fußboden. Ich ging zu ihr und hob sie auf. Sie wimmerte leise vor sich hin.
»Was ist? Hat er dich getroffen?«
Merkwürdigerweise war ich ehrlich besorgt. Vor ein oder zwei Minuten hätte ich keinen Cent für sie gegeben. Doch jetzt, da alles so gut wie vorbei war, wollte ich nicht, daß ihr etwas zugestoßen wäre. Sie antwortete nicht, sondern schluchzte nur.
Da kam Logans ruhige Stimme: »Die Kugel ist hier in die Wand eingeschlagen. Die liebe Beth ist bloß ein bißchen hysterisch. Wußten Sie das nicht?«
Natürlich wußte ich es. Die Kratzwunden würden mich noch tagelang daran erinnern. Ich führte sie zu Logans Pritsche, sie setzte sich und barg das Gesicht in den Händen.
»Und wie geht's Ihnen?« fragte ich ihn.
»Ganz gut«, sagte er und sah seine Frau an. »Sie haben sie etwas hart angefaßt, alter Junge. Darüber kommen Frauen nicht so leicht hinweg.«
»Das ist auch schwer«, sagte ich. »Aber manche haben es schon mit Erfolg versucht.«
Er sah mich perplex an. »Ach so, ja, ganz recht.« Gelassen fuhr er fort: »Kümmern Sie sich lieber um unseren Freund da drüben. Ich glaube, er greift nach einer zweiten Waffe. Auf jeden Fall lebt er noch.«
»Dem muß abgeholfen werden«, sagte ich und schoß Martell eine Kugel durch den Kopf. Es blieb mir gar nichts anderes übrig, denn wir hatten noch keineswegs alles hinter uns. Logan konnte bei seiner Verletzung jeden Augenblick ohnmächtig werden, und Beth war nicht einmal imstande, ein lahmes Kaninchen zu versorgen.
Ich hörte sie hinter mir keuchen. Offenbar war sie wieder so weit

bei sich, daß sie meine brutale Tat mitangesehen hatte. Selbst Logan machte einen verstörten Eindruck.
»Ich muß schon sagen, alter Junge ...«
Martell lag zusammengekrümmt auf dem Boden. Als ich ihn umdrehte, entglitt der kleine .38er Revolver, den er mir am Morgen abgenommen hatte, seiner erschlafften Hand. Das mußte ich ihm lassen – er hatte trotz allem bis zum letzten Atemzug nicht kapituliert.
Ich bückte mich und hob den Revolver auf. Dann steckte ich seine Pistole ein und lud meine Waffe nach, aus der er die zwei Schüsse auf den jungen Logan abgefeuert hatte. Die Geschichte mit Peter mußte ich dem Herzog auch noch schonend beibringen, aber jetzt war nicht der richtige Zeitpunkt dafür.
Seufzend nahm ich mir den Ersatzreifen vor, holte eine der Blechbüchsen heraus und stemmte den Deckel mit dem Schraubenzieher auf. Ich bohrte mit dem Finger in dem weißen Zeug herum und förderte vorsichtig einen kleinen, matten Metallzylinder zutage. Er war ziemlich schwer und ließ sich mit dem Daumennagel ankratzen – Blei. Am einen Ende waren zwei kleine, spiralförmige Drähtchen angelötet.
Beth war aufgestanden. »Was ist das?«
»Keine Ahnung.«
»Ich verstehe nicht ...«
»Da scheint ein Wagen den Canyon heraufzukommen«, sagte Logan. »Natürlich weiß ich nicht, ob er hierher will, aber trotzdem ...«
»Ach, du liebe Zeit«, sagte ich fast andächtig.
Wir waren noch nicht in Sicherheit, doch allmählich zeichnete sich ein Silberstreif am Horizont ab. Ich schob den kleinen Bleizylinder ins Heroin zurück und schloß die Dose. Dabei entwarf ich meinen Schlachtplan.
Dann legte ich Martells Automatik neben Logan auf die Pritsche und verließ die Hütte. Wenn Logan wirklich so ein guter Mann war, würde ihm schon etwas Gescheites einfallen.
Als sie in dem langen, vollklimatisierten Cadillac vorfuhren, hockte ich auf dem Abhang hinter einem Gebüsch. Genau unter mir hielten sie an und stiegen aus.
»Beide Wagen sind hier«, hörte ich Fredericks sagen. »Ich möchte bloß wissen, was ...«
Aus der Hütte drang der schrille, wütende Schrei einer Frauen-

stimme. Logan war also doch etwas eingefallen, und Beth spielte mit. Damit hatten sich beide einen Orden verdient.
Der Fahrer lachte. »Kein Wunder, daß sie uns nicht gehört haben.«
Fredericks schimpfte: »Der Teufel soll sie holen! Weibergeschichten können sie auch in der Freizeit erledigen. Ich werde ihnen schon beibringen, mich warten zu lassen!«
Ich zielte auf den Fahrer, weil ich ihn für den gefährlicheren hielt. Fredericks hatte sicher seit Jahren kein Schießeisen mehr in der Hand gehabt. Ohne Macs Anweisung wäre alles ein Kinderspiel gewesen. Aber ich sollte ja wenigstens einen Anschein von Legalität wahren, mit Rücksicht auf unsere Kollegen.
Also richtete ich mich hinter meinem Gebüsch auf und rief: »Hände hoch! Ihr seid verhaftet!«
Dämlicher hätte ich es nicht anstellen können. Wie die Polizei so was macht, ist mir schleierhaft. Meine beiden jedenfalls sausten in verschiedenen Richtungen davon und zogen ihre Waffen. Den Fahrer dirigierte ich zwar genau in meine Schußlinie, aber als ich mich nach Fredericks umwandte, traf mich ein lähmender Schlag an der rechten Brustseite.
Ich merkte, wie mir der Revolver entglitt, und warf mich darüber, um ihn mit der linken Hand zu fassen. Viel Zeit hatte ich nicht, denn er zielte bereits zum zweitenmal auf mich...
Ein Schuß, noch einer – aber kein Einschlag in meiner Nähe. Dann hatte ich endlich den Revolver in der Hand und blickte auf. Da stand Fredericks mit einem seltsamen, trägen Gesichtsausdruck und tat überhaupt nichts. Dann ließ er seine Waffe fallen und kippte um.
Ich sah zur Hütte hinüber. Wie er es selbst mit Beths Hilfe bis zur Tür geschafft hatte, war mir unklar. Er schoß wie auf dem Übungsplatz – Körper entspannt, soweit seine Verletzung das zuließ, Arm ausgestreckt, aber nicht verkrampft. Während Fredericks stürzte, feuerte Logan sicherheitshalber noch zweimal auf ihn, ganz der einstige Profi.
Ich stand auf. Meine Brust tat nicht sehr weh, das kam erst. Ich inspizierte das Schlachtfeld, schleppte mich dann zur Tür, in der er immer noch lehnte. Beth stützte ihn.
»Das war gekonnte Maßarbeit, alter Junge«, sagte ich. »Eine Frage, solange wir unter uns sind: Wieviel davon soll später auf Ihr Konto gehen?«

Er sah mir direkt in die Augen. »Nichts, wenn es sich einrichten läßt.«
»Wahrscheinlich könnten wir Ihnen einen kleinen Orden verschaffen oder ein offizielles Anerkennungsschreiben oder ...«
Er streifte Beth mit einem Blick. »Wir möchten, wenn möglich, überhaupt nicht in Erscheinung treten.« Sie nickte. Er lächelte leicht. »Allerdings möchte ich keinesfalls derjenige gewesen sein, der etliche Kilo Heroin über die mexikanische Grenze geschmuggelt hat, von dem anderen Gegenstand ganz zu schweigen. Sofern es Ihnen nichts ausmacht, alter Junge.«
Es machte mir zwar etwas aus, aber der Bursche hatte mir schließlich das Leben gerettet – zumindest glaubte ich das damals. Während der nächsten zwei Wochen gab es Augenblicke, in denen ich nicht ganz sicher war ...

25

Der junge Mann von der Atomenergie-Kommission sagte: »Sie wissen natürlich, Mr. Helm, daß das alles streng vertraulich ist.«
»Natürlich«, sagte ich. »Was war denn in den Dosen? Das neue Modell einer Taschen-Atombombe?«
»Nun, nicht direkt«, antwortete er widerstrebend. »Es war ... eine höchst erfinderische Sabotage-Vorrichtung. Sie bestand aus radioaktiven Abfällen, die in einem Bleibehälter mit einer kleinen Sprengladung eingeschlossen waren. Der Sprengstoff selbst konnte nicht viel Schaden anrichten, setzte aber das radioaktive Material frei und verbreitete es über eine ziemlich weite Fläche. Für jeden, der zufällig in der Nähe stand, konnte das verhängnisvolle Folgen haben, vor allem, wenn er die Gefahr nicht erkannte und sich sofort gegen Strahlenschäden behandeln ließ. Wir hatten einige Fälle ...«
»Ich weiß«, sagte ich. »Ich habe es in den Zeitungen gelesen.«
»Es gab noch andere, die nicht tödlich verliefen und über die nichts veröffentlicht wurde. Wo man gleich etwas unternehmen konnte, war der physische Schaden relativ gering – die moralischen Auswirkungen allerdings waren bedenklich.« Er runzelte die Stirn. »Sie müssen verstehen, Mr. Helm, daß alle Menschen, die an Kernreaktionen mitarbeiten, in bezug auf Radioaktivität überaus empfindlich sind ... Passiert dann etwas, so beeinträch-

tigt das zuallermindest die Leistung. In psychologischer Hinsicht war das eine verteufelt geschickte Erfindung. Wenn Sie genügend davon gekriegt hätten ...«

Ich schaute zum Fenster hinaus. Da ich im ersten Stock des Krankenhauses lag, konnte ich nur den blauen, wolkenlosen Nevadahimmel sehen.

»Wieviel Strahlenschutz bietet eigentlich so ein bißchen Blei?« fragte ich.

Er lachte. »Mr. Helm, Sie sind gründlich untersucht worden. Obgleich Sie eine der Minibomben in der Hand hatten, haben Sie offenbar keine schädliche Strahlung abbekommen. Gefährlich würde es nur, wenn der radioaktive Abfall tatsächlich auf jemand herunterregnete. Sollte allerdings ein Mexikaner die ganze Ladung unter seinem Bett versteckt haben, dürfte er sich inzwischen etwas unwohl fühlen. Ich weiß auch nicht, ob ich mir das Heroin in die Adern jagen würde, selbst wenn ich süchtig wäre. Das war natürlich ihre Schwierigkeit. Jeder normale Geigerzähler hätte das radioaktive Material durch den unzureichenden Bleischutz hindurch festgestellt, und deshalb haben sie die Dinger auf solchen Umwegen eingeschleust.«

»Eine blöde Frage«, sagte ich. »Warum haben sie sie nicht einfach hier im Lande gebaut?«

»Woher sollten sie sich radioaktiven Abfall beschaffen? Das wird hierzulande ja nicht gerade über die Ladentheke verkauft. Und sie hätten es ohnehin importieren müssen. Den Apparat selber hätte man auch nicht im Keller aus einem Gasrohr und ein paar Zündschnüren zusammenbasteln können.« Er erhob sich. »Das erste Experiment war jedenfalls erfolgreich. Wenn sie auch die zweite Sendung bekommen und eingesetzt hätten, bevor wir wußten, womit wir es zu tun hatten, wäre die Sache für uns kritisch geworden. Jetzt können wir uns natürlich gegen ähnliche Sabotageanschläge schützen. Nun, leben Sie wohl, Mr. Helm. Ihr Chef hatte mich gebeten, Sie über die Hintergründe aufzuklären. Ich hoffe, ich habe Sie nicht zu sehr angestrengt.«

Ich sah ihm nach, bis sich die Tür hinter ihm schloß, und schlief wieder ein. Am nächsten Morgen besuchte mich Beth.

»Die Schwester hat gesagt, ich darf herein, wenn ich nicht zu lange bleibe. Wie geht es dir, Matt?«

»Gut. Na ja, bis auf ein paar Wehwehchen. Und dir?«

Die Frage schien sie zu überraschen. »Danke, mir geht es prima«, sagte sie. Und dann begriff sie, was ich gemeint hatte. »Danke, mir geht es gut«, wiederholte sie. »Es ist... alles in Ordnung, wirklich.« Sie lachte. »Du weißt vermutlich, daß die Familie Logan einen schweren Autounfall hatte.«

»Ach, das ist also die offizielle Sprachregelung?«

»Hat man dich nicht informiert?«

»Ich konnte gerade noch die Nachricht weitergeben, bevor die Ärzte anfingen, in mir nach Blei zu schürfen. Deshalb wußte ich nicht, was sie ausknobeln würden.«

»Wir haben den Jaguar im Buckman-Canyon zu Bruch gefahren«, erklärte sie. »Wir saßen alle drei drin. Zum Glück waren zufällig ein paar Polizisten in der Nähe; was sie da wollten, haben wir natürlich nie ergründet, aber sie waren sehr nett und brachten Peter und Larry sofort ins Krankenhaus. Einer hat sogar seine Uniformbluse zur Verfügung gestellt... Dein Chef scheint ein einflußreicher Mann zu sein. Die Ärzte haben kein Wort über die Schußwunden verloren. Ich... wir sind dir dafür sehr dankbar, Matt. Wenn das publik geworden wäre..., hätten wir nie wieder Ruhe gehabt. Du weißt schon, wie ich das meine. Er will kein Held sein und ebensowenig ein Gangster, sondern nur ein friedlicher, normaler Bürger. Erst dachte ich, es täte ihm leid, den Jaguar opfern zu müssen, aber er sagt, es macht ihm nichts aus, ein solcher Wagen paßt ohnehin nicht zu ihm. Von jetzt an will er nur noch die Familienkutsche fahren.«

»Sag ihm, daß ich ihm alles Gute wünsche.«

»Und mir?«

»Dir natürlich auch.«

Sie lächelte. »Du hast dich mächtig über mich geärgert, stimmt's? Das kann ich dir nicht übelnehmen. Nach deinen Begriffen habe ich versagt. Zum Glück ist Larry mehr an einer Frau und Gefährtin interessiert als an einem Jagdpartner, falls das das richtige Wort ist. Ich würde zwar eine miserable Geheimagentin abgeben, Matt, und trotzdem bin ich eine gute Ehefrau.«

Ich lachte. »Miserabel stimmt schon. Jedenfalls ist es beruhigend, daß wir das beide jetzt genau wissen, nicht wahr? Als ich dich vor ein paar Wochen zum erstenmal wiedersah, da...«

»Ja, wenn die Jungen nicht dazwischengekommen wären...« Sie schüttelte sich. »Ein Glück, daß sie uns gestört haben.«

»Du brauchst das nicht so zu betonen. Vielleicht kränkst du mich damit.«

Sie lachte. Meine Gefühle waren ihr gleichgültig. Nach der Erschießung Martells traute sie mir wahrscheinlich überhaupt keine zu. Sie griff nach ihrem Hut. »Ich sollte jetzt besser...«

»Etwas noch, Beth.«

Sie drehte sich an der Tür um. »Was denn?«

»Die beiden Männer«, sagte ich. »Ich meine die zwei, die jemand kidnappen wollten und von einem Hund erledigt wurden, erinnerst du dich?« Wenn sie nicht so gelacht hätte, wäre ich nicht auf das Thema eingegangen.

»Wie könnte ich das vergessen? Warum... warum erwähnst du das?«

»Weil du sie geschickt hast.« Ich wartete vergebens auf eine Antwort. »Ich habe Zeiten und Entfernungen nachgerechnet; es gibt keine andere Möglichkeit. Larry war schon unterwegs zur mexikanischen Grenze, als die beiden bei Moira Fredericks aufkreuzten. Larry ist nicht der Typ, der abhaut und es seiner Frau überläßt, allein eine Entführung zu organisieren. Sollte er das überhaupt geplant haben, hätte er dich nie mit hineingezogen. Ich halte nämlich Larry für viel zu anständig, um ein junges Mädchen, das er kennt und mag, als Waffe gegen ihren eigenen Vater zu mißbrauchen.«

»Du sprichst jetzt immer von Larry«, sagte sie. »Früher hast du ihn hartnäckig Herzog genannt.«

»Er hat sich das Recht verdient, daß ich den von ihm gewünschten Namen verwende. Und du lenkst vom Thema ab. Ich vermute, daß du dich schon viel früher mit Larry gestritten hast, als du mir weismachen möchtest. Wahrscheinlich gleich nachdem er die Kinder an jenem Morgen in die Berge geschickt hat. Es dürfte sich darum gedreht haben, wie sicher sie da oben waren. Und dann hat er Fredericks angerufen und ist wütend losgebraust. Du hast dich schuldig gefühlt, weil du der Anlaß für sein Nachgeben warst. Er hat dir zwei harte Burschen zurückgelassen, die sich um dich kümmern und deinen Befehlen gehorchen sollten. Und da kam dir dieser geniale Plan, der allerdings nicht geklappt hat.«

»Ich wollte nur... helfen... ihm das bittere Ende ersparen. Ich dachte, wenn wir das Mädchen hätten, könnten wir uns bei seiner Rückkehr irgendwie mit Fredericks einigen...« Sie holte tief Luft. »Natürlich hast du recht. Was ich getan habe, war verrückt und furchtbar. Ich wache immer noch nachts auf und sehe... Was willst du unternehmen, Matt?«

»Weiß Larry davon?«
»Natürlich.«
»Mach dir meinetwegen keine Sorgen. Ich wollte nur, daß zwischen uns Klarheit herrscht. Darf ich etwas fragen?«
»Selbstverständlich.«
»Denk mal scharf nach: Wäre es dir jemals eingefallen, jemand kidnappen zu lassen, um mir zu helfen?«
Sie zögerte. Dann sagte sie leise: »Ich glaube nicht, Matt.«
»Damit wäre ja alles in bester Ordnung, nicht wahr?«
Sie nickte.
»Grüß die Kinder herzlich von mir. Ich werde mich bemühen, daß ich wenigstens hin und wieder ihre Geburtstage nicht verschwitze.«
»Larry läßt dir sagen, daß er natürlich nichts mehr dagegen hat, wenn du uns auf der Ranch besuchst.«
»Danke.«
Was hätten wir einander noch zu sagen gehabt? Nach kurzer Verlegenheitspause verabschiedete sie sich. Ich legte mich zurück und dachte an die Kinder, die ich nun nicht mehr allzuoft sehen würde. Die Vaterrolle war ohnehin nicht meine Stärke gewesen. Logan war dafür bestimmt viel geeigneter. Ich muß wohl eingeschlafen sein, denn plötzlich stand sie am Fußende meines Bettes und schaute mich an.
Sie trug ein schwarzes Leinenkostüm, schwarze Schuhe und Handschuhe und sah sehr elegant aus, wenn auch ungewohnt gedämpft. Ihr rotgoldenes Haar war glatt und schimmernd und sorgfältig frisiert. Vielleicht hatte sie es sich draußen noch rasch gekämmt, vielleicht wurde sie aber auch langsam erwachsen. Der Ausdruck ihrer meergrünen Augen war jedenfalls um etliches reifer geworden.
»Hello, Moira«, begrüßte ich sie.
»Hello, Matt.«
»Ich dachte, du bist mir böse.«
»Das war vor zwei Wochen«, sagte sie. »Ich bin nicht nachtragend.« Nach kurzer Pause fügte sie hinzu: »Wie hilflos du im Krankenbett aussiehst.« Wieder stockte sie. »Meine Mutter ist gestern gestorben.«
»Das tut mir leid.«
»Bitte, keine Beileidsfloskeln. Ich glaube, sie hat nur so lange gewartet, weil sie ihn überleben wollte. Als sie von seinem Tod

erfuhr, hielt sie nichts mehr, und da ist sie eben gegangen.« Sie deutete auf ihre Trauerkleidung. »Ein bißchen verlogen, wie?«
»Ich dachte, das wäre für ...«
»Für ihn? Dafür würde ich nicht mal andere Strümpfe anziehen!« Nach einem Augenblick fragte sie: »Mußtest du das tun?« Dann musterte sie die dicken Verbände unter meinem Krankenhausnachthemd. »Das ist wahrscheinlich eine dumme Frage, aber ...« Sie holte tief Luft. »Du weißt schon, wie ich es meine.«
»Ja.«
»Hm – es war kurz – aber hübsch«, sagte sie tonlos. »Klasse.«
»Ja. Es war wirklich Klasse.«
»Soll ich dir Blumen oder Bonbons oder so was bringen?«
»Nein.«
»Das habe ich erwartet.«
»Ich habe gehört, der junge Logan liegt im gleichen Flur. Sein Zustand ist immer noch kritisch. Er könnte eine kleine Aufmunterung brauchen.«
Sie betrachtete mich ausdruckslos. »In deinem Beruf magst du ja recht tüchtig sein«, sagte sie, »aber du bist ein miserabler Kuppler. Warum kümmerst du dich nicht um deine eigenen Angelegenheiten?«
»War nur so ein Gedanke.«
»Und was für einer!« Sie holte tief Luft. »Welche Zimmernummer?«
»Hundertvierunddreißig.«
»Ich will mal schauen, wie's ihm geht. Nur um dir einen Gefallen zu tun.« Sie sah mich wieder an. »Mein Vater hat alles in seinem Leben falsch gemacht. Nicht mal richtig schießen konnte er. Wenn er dich getötet hätte, könnte ich wenigstens um dich trauern. Das wäre immer noch wesentlich leichter, als ... Leb wohl.«
»Leb wohl.« Ich blickte ihr nach, wie sie rasch aus dem Zimmer ging. Eine Strähne ihres rotgoldenen Haares baumelte ihr über das rechte Ohr. Ganz bändigen konnte sie es anscheinend doch noch nicht. Nun, sie hatte viel Zeit, auch das zu lernen.

Natürlich hätte ich sie mir noch eine Weile erhalten können. Ich brauchte ihr bloß zu sagen, daß die tödlichen Schüsse nicht von mir abgegeben wurden. Aber das war nicht mein Geheimnis. Und was hätte ich auch schon bieten können für das, was sie zu

geben hatte? Eine überaus edelmütige Haltung. Wie gewöhnlich fühlte ich mich dabei hundeelend und war froh, als das Telefon klingelte. Als ich die Stimme am anderen Ende der Leitung erkannte, ließ meine Freude beträchtlich nach. »Wie geht's Ihnen, Eric?« fragte Mac.
»Wenn Sie eine genaue Diagnose wollen, erkundigen Sie sich lieber beim behandelnden Arzt.«
»Habe ich. Er sagt, Sie bleiben uns erhalten.«
»Wie schön, daß er sich endlich dazu entschlossen hat.«
»Sobald es Ihnen bessergeht, möchte ich einen vollständigen Bericht«, sagte Mac. »Da sind einige Einzelheiten, die noch näherer Erklärung bedürfen. In den letzten zwei Wochen mußte ich plausible Geschichten für folgende Tatbestände ausdenken: Zwei kriminelle Jugendliche mit Verletzungen am rechten Arm, sechs Leichen, einen toten Hund, eine wutschnaubende, gegen ihren Willen festgehaltene junge Frau, drei schwerverletzte Männer und eine Dame ohne Bluse.«
»Ganz zu schweigen von ein paar Kilo Heroin mit Einlage«, ergänzte ich.
»Stimmt. Unsere Kollegen waren zwar von den angewandten Methoden schockiert, von den Ergebnissen jedoch höchst befriedigt.«
»Und Sie, Sir?«
»Was glauben Sie wohl, Eric? Nach meinen Informationen hat sich einer meiner Leute folgendes geleistet: Er ließ sich a) einen Schlag über den Schädel versetzen; b) im Schlaf festnehmen; c) von einem Mann anschießen, den er bereits im Schußfeld hatte.«
»Ihre Informationen scheinen ziemlich vollständig zu sein, Sir«, sagte ich. »Was haben Sie vor – wollen Sie mich in Ungnade entlassen oder nach Sibirien schicken oder mich zum Leiter eines Postamtes ernennen, was auf das gleiche rauskäme?«
Nach kurzem Schweigen entgegnete er: »Ich glaube, Eric, damit haben Sie den Nagel auf den Kopf getroffen. Genau das hat Martell all die Jahre getan: die Post besorgt. Kein Wunder, daß ihm das zum Halse raushing, wenn man an seine Tätigkeit denkt. Aber bis zu den jüngsten Pannen hatte das Syndikat den Heroinschmuggel sorgfältig organisiert. Unsere Freunde brauchten nichts weiter zu tun, als vertrauenswürdige

Agenten in die Schlüsselpositionen einzuschleusen und das Material, das sie transportieren wollten, in den Rauschgiftbehältern zu verstecken, um es nachher wieder herauszunehmen. Das erledigte das Syndikat ohne sein Wissen. Wie Martell sagte, hat Rizzi für ihn gearbeitet und nicht umgekehrt.«

»Das wäre etwa das gleiche, als wenn man einen menschenfressenden Tiger im Zirkus als Pony für die Kinder verwendet«, meinte ich.

»Dieser Weg wurde wahrscheinlich nur für so gefährliche, schwierige Transporte benutzt. Aber er stand im Bedarfsfall zur Verfügung.« Er räusperte sich. Da wußte ich, daß er auf das Thema zurückkommen würde, von dem ich ihn so feinsinnig abgelenkt hatte. »Wie schon gesagt, Eric, es hat nicht den Anschein, als ob Sie Ihr Bestes gegeben hätten.«

»Ich könnte Befangenheit und unzureichende Information zu meiner Entlastung anführen«, sagte ich. »Aber ich verzichte darauf. Zu a) und b) bekenne ich mich schuldig. Zu c) muß ich folgendes sagen: Ich erklärte beiden, sie seien verhaftet, wie Sie mir ja befohlen haben. Sie schienen mir aber nicht zu glauben. Vielleicht fehlte meinen Worten die Überzeugungskraft. Mit Verhaftungen habe ich wenig Erfahrung, Sir.«

»Das ist ein Argument, allerdings kein sehr gutes«, sagte er. »Vielleicht brauchen Sie eine Ruhepause, Eric. Übrigens, ich kenne da zufällig einen Ort... Sie fischen doch gern, nicht wahr? Sobald Sie aus dem Krankenhaus entlassen werden, packen Sie Ihr Angelzeug ein und...«

Es handelte sich um einen See irgendwo in den Bergen – nach seiner Schilderung der ideale Ort, sich von einer Schußverletzung zu erholen.

»Ja, Sir«, sagte ich. »Das klingt toll. Vielen Dank, Sir.«

»Wenn Sie wollen, können Sie auch bis zur Jagdsaison bleiben. Ich würde Ihnen raten, ein gutes Gewehr mitzunehmen, am besten mit Zielfernrohr... Ach ja, und natürlich Munition für Ihren Revolver, damit Sie nicht aus der Übung kommen.«

»Übung«, wiederholte ich. »Ja, Sir. Meinen Sie nicht, ich sollte außerdem ein Maschinengewehr und eine kleine Berghaubitze mitnehmen?«

»Das halte ich nicht für nötig«, sagte er, aber es klang nicht ganz überzeugend. »Also auf Wiedersehen, Eric. Passen Sie gut auf sich auf.«

Das mußte ich ja wohl oder übel. Er tat es bestimmt nicht. Ich legte den Hörer auf und lehnte mich in die Kissen zurück. Dann dachte ich an den See in den Bergen. Was mochte Mac da oben verloren haben? Und was würde ich tun müssen, um es wiederzufinden?

Nelson De Mille
WOLFS BRUT
Roman Scherz